U0574190

最好的旅行

赵松

北京师范大学出版集团
BEIJING NORMAL UNIVERSITY PUBLISHING GROUP
北京师范大学出版社

献给我的父亲、母亲

目 录

最好的旅行 (代序)

　　朋友在去印度洋里的法属留尼旺岛之前，在电话里聊了些不相关的事，最后才提到要去的地方。去那里做什么呢？他说不做什么，就是待着，安静地待上一个月。于是我的脑海里，浮现了一个动画片式的场景，茫茫蓝色大海里的一个绿色小岛上，只有他一个人，坐在一把白色躺椅上，戴着墨镜，孤单单而又平静的样子，在火山脚下晒太阳。

　　那时他刚刚爱上了一个人，充满了焦虑。后来在机场过完安检，我们又通了个电话，他讲了些感受。一个月后，他回来了。他在电话里以那种惯常的疲倦声音简述了这次旅行。那里的火山几年前刚爆发过，不过现在很寂静，他住的旅馆离它不远，每天早上起来，坐在门廊下，就能看到它。雨季也刚结束。他每天会写下些日记式的东西，懒得写字了，就画。回来时的提箱里就多了一部有字有画的书稿，《寂静的火山》。那是个不错的地方，最后他说，你将来有空时，可以去那里，待段时间，什么都不要做。后来我找到了留尼旺岛的几幅地图，偶尔翻出来看看，同时看了它的介绍资料，了解了岛上的气候、环境，知道了印度洋暖湿气流以及火山喷发对它的影响。我一直很想看到朋友的那本书稿，但始终没能如愿。它跟留尼旺岛一样，对于我来说，始终都只存在于想象中。

2005 年夏天，我去德国西部小城赖纳出席一个展览的开幕活动。除了第一天需要应付一下场面上的事以外，剩下的十来天时间完全是属于我自己的。住的地方，是在森林里。那里有 15 世纪的古堡，也有保存完好的德国最古老的盐厂。每天都是被此起彼伏的鸟鸣声唤醒的。那些天里，因为手机没有开通国际漫游，整天都会很清静，走到哪里都很安心，除了提示时间，手机没别的用处。每天起床后，在森林里随意地走着，偶尔会碰到几个正在锻炼的当地人，在绿树丛中看到几座干净结实的红色民居，会觉得这些东西让时间凝固在那里，不再流动。无论是森林，还是附近那座只有几万人的赖纳小城，在我看来，都比几百公里外国境线另一边的荷兰名城阿姆斯特丹要迷人多了。此后无论何时，想到赖纳和它的森林，它们都是我脑海里灰茫茫的大地上的一个小小的亮点。

讲这么两段故事，其实想说的是，留尼旺岛和赖纳，对于我这样的热衷于想象而不是旅行的人来说，现在是完全一样的两个点。我可以说我去过赖纳，没去过留尼旺；我也可以说我去了留尼旺，但我从未到过赖纳。因为说到底，此时此刻二者都只能在我的想象中呈现。而对于我来说，我已经对它们完成了无数次非同寻常的令我难以忘怀的旅行。我的朋友陈恫曾出过一本很有意思的小书——《自己的世界》，副标题是"法国的生活与艺术"，但读过就会发现，他写的巴黎印象与经历，是你在任何书里都看不到的。因为他写的是存在于"自己的世界"里的巴黎，而不是那个人所共知的巴黎。实际上，它也是他人无法抵达的巴黎，除了借助想象，我们别无他途。在很大程度上，现在对陈恫自己来说，也同样如此。

人们每天生存在这个世界的表面，而这个表面，又总是以它特有的繁复多变不断遮蔽人们自己的世界。很多时候，人们非常容易将自己的生活被动地纳入那个貌似完全敞开的世界里，总是能够安全抵达人人都能抵达的地方，看到人人都知道的风景和故事，但这样的旅行，又有多大的意思呢？对于我而言，最好的旅行，只能发生在"自己的世界"里，那里，永远是一个为想象所充溢的世界。也正是从这个意义上说，我才始终是个旅途中人。

2012 年 12 月 5 日

I

那些灵魂

安魂曲

　　车子刚刚发动，还在缓慢前行，避开停在附近的那些黑乎乎的车辆，转向灯在它们冰冷光滑的外壳上留下短暂的暗红光影，就像几朵炭火无声无息地滚落……音响里传来的低沉曲调让车里刚坐稳的几个人不免为之肃然……外面，四周的灯光散落，冷清的夜色露出某种古怪的坚硬，以至于道路两旁枝头空荡荡的法国梧桐看上去都有了金属的味道，是中空的，车子驶过带动的气流轻微拂过它们，发出空洞的回响，这声音透过密闭的车窗自然混入音乐的间隙里……而当开车的她随口说出"安魂曲"的时候，几个人才在黑暗中松了口气，不管怎么说，名字总会变成一个让人放心的理由……车子上了高架，又从某个出口下来，前方不远处，十字路口的红灯引发了百十来簇红色的尾灯，看上去就像很远处送葬队伍里的火把，在湿冷的空气里浮动在伸入渺茫尽头的道路上……可能每天里的任一时段都会有某种死亡降临吧，人人都会需要安葬些什么……整个过程，或许只是持续不到几秒钟，或是几分钟，也可能更久些，总之会在某人的凝视中得以完成……寂静是美好的么？因为它会让人恍然间重新看到那些仍旧存在的面孔？就像漆黑高耸的楼群中某幢大楼的某个洗手间的小窗亮起金色温暖的灯光，就像寂静而饱满的果实中心的核中之仁儿，透露着微苦的清淡香味……人们惯于在安葬死者之后沐浴净身，任何怀念的方式或许只是为了让遗忘来得更为从容一些，就像弥漫的雾似的，平静地包裹着最后的名字，然后逐渐散去……要说还有更理想一些的方式，就是尾随着那些完成了葬礼的人们涌入那豪华的公共浴场，跟他们一起在喧哗中浸泡在热水池里，或是站淋浴头下，慢慢冲洗着近乎失聪的身体……人们仿佛沉浸在一个新的没有命名的节日里，不断地进入水里，再从水里出来，擦净身体，穿上可以循环使用的干爽浴服，簇拥到人声鼎沸的休息大厅里，在并不算明亮的略显凌乱的光线缭绕中三三两两聚在一起，吃着丰盛而能刺激味觉的食物，喝着刚刚斟满的酒，刚从冰箱里取出的水，还有人把冰块直接塞到嘴里大声咀嚼着……不论老少，似乎每个人都在说个不停，又似乎没有人想听点什么，都只想尽情地说下去，就像在跟一个看不到的人在争论着什么……就这样，他们的密集声音把这一天的最后时段完全遮蔽了，就像机枪扫射一样，无数的子弹蜂拥而去，在装饰粗糙的板墙表面留下密密麻麻的黑色孔洞，而那些孔洞里竟然还会透出炸鱼的味道，真是喜剧啊……那两个人，就像河底安静光滑的石头，散漫地穿过那些带着各种暗影不断走动的人们，在一个幽暗的角落里平静地躺着，把软绵绵的躺椅调到一百六十度，在各自前方闪烁的屏幕光亮的遮蔽下，以一种松缓的低音随意聊了起来，关于为数不多的幸存者——他们的莫名焦虑与分离的可能，还有无法分析的日渐模糊的秘密迹象，究竟是来日方长，还是所剩无几呢？

遥远的怀念 关于阿兰·罗伯－格里耶[①]

　　那天的凌晨两点多，忽然收到鲁毅[②]的短信，你有看到罗伯－格里耶去世的消息吗？当时还在网上，马上就搜了一下，没有任何与此相关的消息。然后又用罗伯－格里耶的法文名字搜了一下，这回有了，是法新社的，转发的是法兰西学院的消息。是真的，我告诉鲁毅，老头确实去世了。发完短信，我有些空落落的感觉，觉得周围空气里的橙色光线忽然都变成了金属丝，绷得紧紧的，随便变换一下身体的姿态都会引发某种空荡冷清的回响。

　　以前我们谈起他的时候，鲁毅喜欢时不时地用"老头"来称呼他，听起来感觉很亲切。我们都很喜欢他的作品。阿兰·罗伯－格里耶这个名字，对于我们来说，常常就意味着一个极其重要的符号——新小说的艺术或者说作为艺术的小说。几年前，因为要出版老头的新作《反复》的关系，鲁毅跟陈侗[③]曾去法国到布洛涅树林旁边他的住宅里做客。我看过他们拍的一些现场照片，知道那是一个远离城市的宁静所在，其中有一幅照片是罗伯－格里耶在厨房里切奶酪的场景，橱架上整齐地摆放着光洁的各种餐具，老头是个很爱干净的人……鲁毅还说起老头带着他们到附近的湖中划船的事，说老头其实真的是一个挺特别而又可爱的人。尽管鲁毅并没有作过多的描述，但在电话的间隙里，我还是能够自然地浮想起那些场景，就像我自己也在场似的，说实话，我实在是有些羡慕鲁毅他们能有这个机会去看看老头。

陈侗写了很多关于罗伯－格里耶的随笔，让我间接地看到了老头在日常生活里的某些侧影。比如他喜欢穿那种暖灰色调的圆领针织毛衫，他家里有个"至少有三十年历史的红色绒布沙发"，对面的墙上有一幅名叫"一只猫挡住了另一只猫"的线描裸女画……后来在老头的《我喜欢，我不喜欢》里，我又知道了另外一些东西：他喜欢红葡萄酒，不喜欢苏格兰威士忌，他喜欢小姑娘，尤其是漂亮的小姑娘，他喜欢猫，不喜欢狗，他不喜欢电话，不喜欢汽车，喜欢坐火车长途旅行，他喜欢小巧的东西，喜欢纽约的街道，还有美国西部的辽阔风景，他不喜欢浪费，不喜欢报纸上的胡言乱语，喜欢惹人生气，但不喜欢被人烦扰，他还不信任精神分析学家，但喜欢快乐的人群，不喜欢吵闹，喜欢温和的、湿润的秋天……

尽管有这样那样的信息，但实际上日常生活中的罗伯－格里耶对于我仍旧是个很陌生的人。那么对于他在文学里的形象我又了解多少呢？平心而论，虽然可以说很喜欢，但到目前为止，所了解的也还是比较有限。有语言上的巨大距离，也有思维上的悬殊差距，总体上还是近乎盲人摸象的感觉。我现在开始怀念这个人，这种怀念的感觉很遥远……1996年的冬天，我从博尔赫斯书店邮购的罗伯－格里耶的《重现的镜子》到了，就是陈侗编的那套白色封面的"实验艺术丛书"中的一种，实际上此前已经有他的《嫉妒》和《去年在马里安巴》，但是没看懂。可是这本《重现的镜子》我看懂了。而令我惊异的不只是"自传还可以这样写？"还有那些碎片编织成的"传奇故事"里所透露出来的一个异乎寻常的新的开放式叙事空间，在这里呈现的只有过程和可能，而没有确定无疑的答案。讲述自己的过去会比虚构一个故事更可靠而且真实么？我们所拥有的不过是现在的这个有些偶然的点，过去与未来，对于这个点来说有着异常相似的特征，并不可靠的语言与同样不可靠的想象会使得它们获得那种近乎虚构的本质。其中隐含了很多空白与有意无意的陷阱，时间在这里也不是一条可靠的直线，而是随时都可能重叠并置的，甚至是倒错的。所谓的记忆，其本身也是包含着某种虚构性的。

"我说过，我不是一个真实的人，但也不是一个虚构的人，说到底这是一码事。我属于一种坚定果断的、装备粗劣的、轻率冒失的探索者，他不相信在他日复一日地开辟着一条可行的道路的领域里先前存在的一切，也不相信这种存在的持久性。我不是一个思想大师，但是个同路人，是创新的伙伴，或是幸而能做这项研究的伙伴。我不过是贸然走进虚构世界的。"

（《重现的镜子》pp.14-15）

　　从这段自白中我们既可以看得出罗伯－格里耶对于真实与虚构的看法，也能感觉得到他的那种独特的坦白与自信。他总是很厌恶那些看上去"一贯正确的陈词滥调"。而对于我来说，从看到《重现的镜子》开篇部分的"我历来只谈自己，不及其他。因为发自内心，所以他人根本觉察不到。幸好如此。"就开始感到诧异了。你甚至立即就联想到他在写下这两个句子时眼睛里闪过的某种狡黠的笑意。他随手就调侃了那些拿着"写物的"、"客观主义的"帽子不断扣他的评论家们，同时也暗示了所谓的主观与客观原本就是界限暧昧不明的说法而已。我喜欢他的那些锋利的句子："意识形态总是戴着面具，所以很容易改变面目。……我不相信真理，真理只是对官僚主义有用，也就是对压迫有用。一种大胆的理论一旦在激烈的论战中得以肯定,成为教义,就会迅速失去其魅力、力量及动力;它不再会是自由的和创新的因素,倒是会乖乖地、不由自主地去为现成秩序的大厦加砖添瓦。"

老头去世的消息,给我带来的是一种过于寂静的感觉。我甚至不知道该怎么描述和形容这种寂静。前年他来中国的时候,先到的北京,鲁毅说要是你想见他就赶紧去吧,不然以后再想见就难了。我听了有点兴奋,就给正在北京陪同他的陈侗打了电话,问了一下他的日程安排,说是比较紧密,但也还是有机会见一下的。我就去了北京,但在走出火车站的那一刻,我放弃了见面的想法。后来在陈侗的文章里得知,老头这趟中国之行真可谓是遭了很多场面上的罪,差点心脏病就犯了。当人们好奇地期待着他发表精彩演说的时候,他说出口的,只是"我累了……"这话听着会让人心里不由自主地抽紧一下。联想到 2004 年他被法兰西学院接纳为院士的事,就觉得老头真的是要走到尽头了。去年他携新作《伤感小说》出现在法兰克福书展上的时候,媒体们又一次开始了与 20 世纪 60 年代非常相似的嘲讽与挖苦,如有评论将《伤感小说》描述为"明显是写给青少年看的色情小说,当中让人恶心的残暴描写,简直难以名状,跟萨德有一拼"。而有当地媒体将这本书视为"行将入土的法国'新小说'棺木上的最后一个钉子"。这种激烈抨击的论调说实话很令人兴奋。这说明老头还活着，而且活得很有劲，让你一下子忘了他的高龄。在出人意料地发出这激发了媒体的恼怒情绪的最后一响，并让你对他的能量又开始有所期待之后，现在他又出人意料地突然安息了。昨晚，正在广州陪菲利浦－图森④拍电影的鲁毅在电话里对我说，"老头走了，而图森正在拍的这部短片的名字，竟然是《活着》。世界上的事有时候就是这么奇怪地对应着的。"

2008 年 2 月 20 日

①阿兰·罗伯－格里耶（1922—2008）：法国 20 世纪后半叶最重要的作家之一、最具实验精神的电影导演，"新小说"派的代表作家，法兰西学院院士。主要作品有小说《橡皮》《嫉妒》《窥视者》《在迷宫里》《快照集》等，超文体作品《重现的镜子》《昂热丽克或迷醉》《科兰特最后的日子》；导演的电影有《欲念浮动》《漂亮的女俘》《玩火游戏》《格拉迪瓦》等。

②鲁毅（1971— ）：作家、诗人，著有小说集《梁金山》，诗集《到灯塔去》《瓦尔登，其中的诗》等，曾与陈侗共同策划了"午夜文丛"。

③陈侗（1962—　）：艺术家、出版人、作家，广州博尔赫斯书店和博尔赫斯艺术机构创建者，录像局发起人之一，"实验艺术丛书"、"午夜文丛"的主要策划者。出版作品《自己的世界》《速写的问题》《马奈的铁路》等。

④让·菲利浦－图森（1957—　）：比利时法语作家、电影导演、艺术家，午夜出版社力推的"新新小说"的主要作家之一，曾获梅迪西文学奖。主要作品有《浴室》《先生》《照相机》《马丽的真相》等；电影作品有《溜冰场》等。

让·菲利浦－图森的柔软

淮海西路，我们在路口等他们。天黑下来，风很有力，吹得橙色的路灯光线凉森森的。实际上，我的脑子里有两个图森的形象：1996年《浴室－先生－照相机》中文版封底的，头发明显开始秃顶的年轻人；2004年《迟疑－电视　自画像》中文版封面上的，光头的中年人，姿势是一样的，他略微侧着头，似笑非笑，眼光安静，右手捏着上衣领子搭在了肩上。

看他那张光头照，你会感觉随着年龄的增长，他多少有些发胖了。他跟陈侗从路口转过来的时候，你发现实际上他并没怎么胖，只是面部皮肤开始有些松弛。他太高了，走起路来有些轻微而不经意的摇摆，穿着很休闲的深色衣裤，光头很醒目地反映着路灯的光亮。他微笑，眼睛里闪动着那种容易好奇的光泽，仿佛眼前的所有人与物都可能是未来小说里的因素，总归是有趣和神秘的；他伸出右手，我握住了它，出乎意料地柔软，而且可以想到，他的整个身体也是这种感觉的，一种温暖的柔软，只有眼睛才是例外的，保持着他小说里所特有的那种结晶体状态的坚硬。

图森的柔软，在日常状态下，就是随和，像深海水母，至少看上去是柔软得可爱。陈侗跟他说话都是中文掺杂着法语单词，一些熟悉的中文出现时他会马上做出回应，用不顺畅的中文，而遇到生词生句时，陈侗会反复慢慢地说几遍，他跟着重复，感觉差不多弄懂了，他就会拿出一个小本子，认真地记下刚才所学的中文的发音，然后很开心地笑一笑，左右看看大家。我们叫他图森先生，他并不习惯。陈侗说，应该叫他让·菲利浦，或者菲利浦，都可以。可我们一张口还是图森先生。

图森喜欢中国菜，基本能用筷子稳当地夹起他喜欢吃的鱼。我们带他去酒吧喝酒。他喜欢青岛啤酒。他爱玩色子，跟着我们一起用中文吆三喝四。他总是随身带着相机，把我们喝酒的场面拍下来，他喜欢拍人物。对于他来说，似乎所有可以拍下来的人物在被镜头捕捉并凝固的那一瞬间就充满了虚构的意味与可能。透过他结晶体式的目光，可以弄明白为什么他喜欢把小说与数学放在一起，并着重把抽象作为他的思维和创作的切入点，任何视觉的东西只有通过他的手转化成抽象的文字，才能构成另外一个世界。

他的眼神里偶尔还会流露出某种孩子气的感觉，而明年，他就是五十岁的人了。

相对于罗伯－格里耶那种新小说理论家的锐利气质和某种距离感，以及同辈名家艾什诺兹的半隐居式的神秘感，图森似乎显得过于平民化了。他喜欢旅行，喜欢看足球，喜欢跟人随意地交流，能够很配合地按照媒体记者的要求，摆出各种造型，让那些专业镜头不断地闪动在他的面前。去机场的路上，他想起在多伦现代美术馆六楼斜顶玻璃下被反复拍照的事，自嘲地说，当时觉得自己很像戛纳电影节上的明星，有点累，但也挺过瘾。对于他来说，这既是矛盾的，又是自然的，正像他在北京时对中央美院的学生们所说的那样，"想了，就去做，不要顾及太多。"然而，他还有另外一面，有距离感的，内向的，沉默的，甚至是孤僻的。

平静的时候，他说，其实我还有另外的方面。明年，他想了想说，我不会旅行了，回去以后，要写新书，新的作品。他说的回去，指的不是巴黎，也不是布鲁塞尔，而是科西嘉，在那里，他可以安心写作，没有电话，也没有手机，如果要接电话，就得走十多分钟，到镇子中心才行。

2006 年 5 月 29 日

湖

*

这湖水的律动，似乎在暮色漫过水面的那一会儿才更易察觉。微白的，幽暗的，不同的波纹交错呈现，而在湖面尽头处，那正在收缩的长长一缕散漫的水银光，在制造着轻微下陷的弧面，这是昨天的此刻，而现在，有的则是暗红与微黄间杂的晚照余晖正在水面缓慢消退，那些为数不多的波纹圆滑而又寂静，有时冷眼看去甚至会觉得它们近乎凝止，像饱经岁月打磨的金属表面被砸出的线条柔和的凹痕，还有些地方是凸起的，就像冬天里被游人踩踏得光滑的冰湖表面……但它们是在缓慢律动着的，此时它们反射的余晕已脱去了色调，只有几抹微薄的灰亮了。在那湖的深处，还有几条小船，它们的深暗影子也是静止的，后面的低矮远山正消隐于冥茫的暮霭中。湖西侧的近山上，已浮现一簇簇星星点点的灯光，是淡淡的金色，微略勾勒出一些树冠的轮廓，而湖边的树丛里也有了斑驳的灯影，树冠下面是黑黝黝的人影，其中的一小部分，是静止不动的，似乎都在注视着湖水的最后一阵波动，也可能只是在体会黑暗最后的覆盖，以及那些仍未填满的微不足道的缝隙。要想避开仍旧密集的游人，就不得不躲入路旁的树林，那里有弯曲交叉的小径，有吸纳了足够多的水汽的枝叶，还有在草丛里时隐时现的黑白花纹的野猫，可能也就是那么一只而已。

**

白天里，树上有很多的松鼠。它们无所畏惧地俯身接受游人捧上的食物，把自己的身子轻盈而又稳妥地倒附在树干上，就像粘在树皮上似的，可是一旦动起来，就是瞬间闪去，隐入树冠深处，留下那些栖止在树枝上的不为所动的白色水鸟。划船的人说，它们就是鸬鹚。这些身材明显比鸽子硕大的鸟，无论在水面飞行，还是落在树上，都是那么的自在，对周围的一切无动于衷。事实上也几乎没有人会理会它们怎样。完全不像那些松鼠，好像时时都在注意着人群的动向，是不是会捧着食物出现在树下。还有一些松鼠，甚至出现在正在整修的音乐喷泉周围的那种简易围墙上，它们端坐在那里，动也不动地注视着人来人往，翘着蓬松的尾巴，在落日的最后余光的映射下，仿佛刚刚制成的标本。可以想象，它们是会迅速地繁殖的，会越来越多地出现在人们面前，无所顾忌地接受人们馈赠的食物，让那些原本就对湖水无感的人们更为频繁地把目光投向它们，即使在行走中也会不时停下脚步去追索它们的踪迹，或是满足于它们突然降临眼前，大方地吃掉他们捧献的食物。有时候，它们忽然几个动作就蹿入树冠深处时的那种矫捷，确实是神秘而优美的，而留在树下的那些似乎颇为艳羡松鼠这种说来就来说走就走的自由状态的人们，则总是难免有些失落的意思，他们会继续仰头凝神看上那么一会儿树枝交错的某处，然后转身重新回到人流里，或许过不了多一会儿，他们又会在某棵树下再次被突现的某只松鼠吸引着停下脚步。相对来说，多数人对于松鼠接受游人食物的场景是毫不在意的，他们对于湖水也是毫不在意的，或者说他们对于与这湖有关的一切都没什么兴趣，他们只是走，沿着湖岸，随着人流，一直走下去，仅此而已。

***

　　很多树都被修剪过。最为明显的，就是那些松鼠经常出没的梧桐，它们的主要分叉都因为修剪而生得有些怪异，当然如果不仔细看的话是不会注意到的。作为湖岸步行道上的主要装饰物，它们的分叉处被隐蔽地装上了射灯，而主要的枝上也缀着些小小的彩色灯泡，当然只有到晚上你才会注意到它们还有这种特征。它们只适合远观，而不适于近看，尤其是经不起细看，因为那样的话你就会发现它们其实很像残疾人，它们的多数细节都是扭曲的变异的状态，以至于会让人觉得它们根本就不是树，而是某种人造的东西，看得越是仔细，就越是会觉得有些触目惊心。再想想晚上它们那种张灯结彩的故作华丽的状态，这种触目惊心的感觉就会变本加厉。位于马路旁边的那些梧桐树基本上也是这样的状态。反倒是作为补充性存在的处于两者之间的那些树木活得稍微自然些，因为穿行其间的都是些小的路径，它们身上也没有彩灯射灯，随便它们怎么潜生暗长也不会影响到两边那些景观树的效果，因此它们才会生长得如此毫无章法，如此自行其是，不管它们生长得如何凌乱茂密，都不会引起园艺工人们的注意，除了鸟雀们，估计连那些松鼠都不会光顾它们，偶尔行经这里的游人也不大会留意到它们的存在状态，因而反倒让它们跟那不远处的湖水在暗地构成了某种对应的关系，湖水缓慢地波动，它们也不经意地波动。

****

如果没有那些远处的山，恐怕这湖早已失去了最后那点灵气。从某种意义上说，是它们阻止了城市对这湖的包围与窒息。它们并不高大，有着绝然的低调，它们是重叠的，也是连绵不断的，很多时候看上去都像淡薄的影子，或者只是一些微不足道的边际线，偶尔会随着天光的变化发生一些微妙的变化。在很大程度上是山使得这饱受人群挤压围剿的湖保持了某种淡定，但实际上这湖跟它们是有着截然不同的属性的，不管它有着什么样的面貌和状态，都脱不开人工的本质，是为了愉悦游人而存在的，而山则不是，尽管在它们身上也早就留下了太多的不同时代的人的痕迹，很多原初的东西也已被磨灭了。湖的存在使得它们看上去非但没那么突兀，反而显得有些边缘化，更像是几抹不错的点缀，正如偶尔悬浮其上的那些云朵，或是弥漫其周围的雾霭，只是在那里而已。当然可能也正因为有了这座人工的湖，城市才没有在不断展开的进程中吞噬它们，让它们得以幸运地待在原地，没被轻率地抹去。可是，这种想当然的联想其实是没什么意义的，尽管这种联想其实是在试图构建起某种介乎于景观处境和尴尬处境之间的自在空间，但终归不过是一厢情愿的想象而已，无法与这些山、这湖建立任何关系，在你尚未转身离去之际，它们就已归于封闭和沉寂。

卡特琳娜·罗伯-格里耶^①

卡特琳娜在南京路走得疲惫不堪。是昨天晚上的事，那里人太多了，而她又是那么瘦小，即便萨尔庞捷始终都会拉着她的手臂，帮她分开人潮，也无法缓解多少扑面而来的人群的压力。她们跟丽娜，还有那位法国评论家贝洛瓦、博尔赫斯艺术机构的几个陪同人员走散了。等到重新发现她们的时候，她们正在翻越步行街中间的小栅栏。来到鲜墙房时，你发现她们穿着冬装，跟上次在广州时相比，卡特琳娜的脸上明显浮动着疲惫感，虽然表情仍旧保持着幽默、活跃。她毕竟八十岁了。从广州到北京，再到上海，这样的行程安排对于她来说密集得多少有点吃不消。鲜墙房的大堂里正在举行一场婚礼，主持人声情并茂地说着成套的解说辞，一对新人投入地配合着表演，而下面的人们则是自顾自地吃喝着。丽娜跟贝洛瓦走散后本来想回酒店一下，结果搭的摩托三轮车司机把他们送错了地方，重新联系过之后，折腾了半天才找到了这里。吃过晚饭，就去看了眼新天地，在人堆里只待了半个多小时就撤了，对于这样西化的地方，她们兴趣不大。

今天中午在汾阳路上的一家隐蔽在树丛深处的饭店里吃的饭。据说这里曾是戴笠的别墅，中西结合的建筑风格，特点是比较清静，外面有很多大树。丽娜一直拿着摄像机在拍着。她喜欢拍人的细节，比如默默地咀嚼着东西的陈侗的脸，对话中的人的脸部表情变化。她还拍了房间里的装饰物，桌上的菜，还有外面的景物。我们在阳台上抽烟的时候，她也跟过来继续拍摄，然后也点了支烟，她不要抽轻淡的七星，而是抽了八毫克的中南海，平时她是抽白包万宝路的。她把扎起来的头发又放开了。猜得没错，她是有德国血统的。你是怎么猜到的呢？她有些奇怪。因为欧洲么，我只去过德国跟荷兰。众人大笑。她的脸似乎每天都在变化，昨天看上去有点瘦削的意思，今天再看就有些发胖的感觉了。其实，她说她还有犹太的血统。卡特琳娜的精神状态又恢复了。

她想去衡山宾馆看一看。那里曾是她的一个好朋友家里的产业。因为离得并不远，我们就走着过去了。多是林荫路，走起来比较舒服。

到了那里，她看了半天。二十多年前她曾经跟罗伯－格里耶来过这里。但现在已经认不出来了，完全变了模样。衡山路在民国时叫贝当路。法国商人法诺投资兴建了毕卡第宾馆，也就是现在的衡山宾馆，现在宾馆正门的英文名字 HENGSHAN PICARDIE HOTEL 里的那个 PICARDIE 就是原来的名字。新中国成立后宾馆收归国有，法诺仍旧负责经营管理，几年后，他被通知可以离开了。卡特琳娜的朋友就是法诺的小儿子，他没有去经商，曾经做过罗伯－格里耶几部电影的设备技术方面的负责人。她答应过他，有机会一定来替他看看这里。

　　她不喜欢那些太像欧洲的地方，只想去人多的像中国的地方转转，最好是那种大市场。于是就去了豫园。那里是一如继往的人挨人人挤人的状态。她也只是想看看而已，并不想多作停留。买了南翔小笼包（并不是正宗的，因为南翔包子店排了很长的队，没法等），给他们尝一尝，萨尔庞捷用筷子夹了个给她，她一咬，汁水喷了萨尔庞捷一手。我们钻到面包车里去浦东的时候，刚好看到红红的落日，落得很快。似乎不等我们再下车，就会落到暮霭里。而我们到金贸的五十四层时，透过大玻璃，竟然还能看到它在那里，就是沉沉的暮气上面一点，很小的圆圆的一个炭红斑点。明天她们就要去杭州了。在八佰伴的大渔里最后道别时，她问明天还能见到你么？只能下次了。好吧，那就下次再见了。其实，我知道很难有下次了。

2010 年 10 月 31 日

①卡特琳娜·罗伯－格里耶（1930—　）：法国作家，"新小说派"作家阿兰·罗伯－格里耶的夫人，著有小说《图像》《女人的盛典》《新娘日记》。

见到让·艾什诺兹①

我们在芳草地下的车。各种车子在不断降落的黑暗中塞满了路面。穿过马路，绕了个弯子，才找到那个新开不久的书店，要是只听名字，你会以为是个商场。我们来早了。这里有点热，越待越觉得热，而外面的温度正在下降。天黑了。

让·艾什诺兹的脸红红的，像微醺后的惬意样子。瘦高的他从那些书架间慢慢穿过，习惯性地略弓着背……这时候你会觉得之前在那几本书里看到的他不同年龄的形象正在浮现，与这张越来越近的现实中的面孔一晃一晃地重叠，先是逐渐模糊，然后是慢慢清晰，那张明显发红的脸，带着轻轻的笑意。

这是他头回到中国。据说他在相当长的时间里都很少离开巴黎。他简单地讲了自己的写作经历，这当然不是什么有趣的事。对于他来说，写作这件事是比较晚才发生的。尽管他们那代午夜作家被冠以"新新小说"之名,但在他看来,他们受到"新小说"前辈们的影响只是某些方法上的,而不是更深层的理念上的。"新小说"确实打开了他们的眼界,但他认为它们也有令人窒息的一面,所以,他觉得应该恢复小说本身的那种乐趣。

这位六十三岁的法国作家在言谈举止间没有任何姿态,随和自然,思维非常清晰,克制而准确地表述着自己的看法。他喜欢城市。它能给他提供充足的材料,让他可以自如地构建小说的世界。而他总是能找到很多有趣的小东西,发现它们,琢磨它们,改造它们,直到重构它们的关系,这给他带来了很多的乐趣。

对于前辈们,他当然会提到福楼拜,会提到福克纳,这都不意外。倒是没想到他小时候喜欢的是狄更斯,就像以前意外地知道他竟然还狂热地喜欢拉辛的作品《费德尔》。是热罗姆-兰东和伊莱娜-兰东向他推荐的纳博科夫的作品。所以他读到纳博科夫的书的时候,已经是出了几本书之后了。当然,他喜欢纳氏的作品,并觉得这位伟大的前辈几乎是难以超越的。当然,对于纳博科夫在技巧上的过度追求,他还是有所保留。

《格林威治子午线》里,那两个人长得有点像,然后镜子打碎了,他们就互为镜子,面对面,刮胡子,结果脸上都是伤……这个场景,他说是忽然想到的,写的时候自己也在笑。其他的呢,除了我的词汇量恰好不够用来跟他谈论文学以及其他的复杂些的事情，我们可以在车里谈论外面的那些最有名的建筑物是谁设计的，谈论北京有多少人，西安有多少人，巴黎现在很冷，而他将要去的广州还在夏天里，更不用说作为旅行末端的缅甸了。他的书在越南和缅甸都有译本。

他吃东西没有忌口，什么都能吃上一点，黄酒也能喝，还觉得味道不错。他是抽烟的。第一天在"孔乙己"吃晚饭时，他的面前摆着一盒软包的红塔山。六号那天他掏出来的是大前门。给他一支金南京尝尝，他觉得很不错。苏烟他也喜欢。他在家里的时候，每天都是一包烟。在午夜作家里，现在他是唯一还在抽烟的，他说，估计也是最后一个了。

除了面对访谈不得不说的时候以外，他话都很少，只是默默地听着，坦然地想着什么。他似乎熟练地掌握了一种能让别人不会注意到他的沉默的什么技巧，或者说只是那样的一种神态，不会让任何人因为他的沉默产生一丝半点的压力。其实印象最深的，还是他的那种有点不可思议的写作方式。写完一稿，丢开它，再重新写一稿，然后再丢开，再重新写一稿，这样反复三四次，才成了最后的定稿。对于他来说，或许这样的一种特别的反复写作的过程，就是他最迷恋的事情。他的笔迹也很有意思，字体看上去有点像中文里的草书，含糊一点去看的话，有点像这么几个字："新旧竹时人"。他签的时间也很好玩，第二个零里还包含着"12月3日"，冷眼看去，有点像个老式邮筒的速写。

2010 年 12 月 8 日

①让·艾什诺兹（1947— ）：法国作家，"新新小说"重要代表之一，曾获龚古尔文学奖、梅迪西文学奖。主要作品有《切罗基》《我走了》《格林威治子午线》《高大的金发女郎》《出征马来亚》等。

地　铁

　　沃伦斯基的马摔断脊背的时候，我在地铁里睡着了，头靠着座位侧面光滑冰冷的金属斜柱，找到了一个相对舒适的位置。老托尔斯泰在整个那一章里都没有提到安娜的反应。就是带着这个想法，忽然间就睡着了的。半醒状态时，感觉自己变得很薄，仿佛透明的纸，就那么自然地搭在座位上。还有很多站，那些报站的声音每隔两三分钟就会响起一次，我的睡眠就这样起伏着，就像在水面下，有规律地探出头来，再沉下去。我喜欢这种比较空的地铁车厢，灯光把所有空的地方都充满了，无论向左，还是向右，都可以望出去很远，缓慢摆动着的一节节车厢，弯曲或者变直，那些立柱错落着聚拢或者散开，闪着明亮冷清的光泽，会让你忽然间联想到游动中的大鱼体内的骨骼，而它们就是光滑的刺，丝毫都没有尖锐的感觉。如果旁边多了个人，就会觉得他的影子挨近了你，浅灰的，但你知道并不会真的碰到你，一点都不会……似乎每一分钟都可以睡上很久，因为每一秒都变得很慢，在车厢的慢慢摇晃中时间是漂浮着漫然而去的，而不是迅速流动的……会有一种在海底的感觉，而车厢是完全封闭的，玻璃上浮动着无数的气泡，在黑暗里。之前在哪里了呢？在离地铁口不远处的巷子里，那里有新开的一家广东饭馆。外面的那条路是以前坐车经常会经过的，但从没下去过。从地铁口随着扶梯升上来，再顺着步梯走下去，会觉得外面的这条街道就像是另外一个世界，而地铁口则只是在它侧面开出的一个洞，随着你下去，它就会自然封闭。你觉得自己始终都带着笑意，可是又一直都没有听清他们在说些什么，而你也在说着什么，东西很好吃，煲得很好的汤，特别的方法，后来让那些蔬菜都沉浸其中，慢慢地等它们再浮起来，随着重新翻滚的汤而展开又卷曲起来……手里多了两本书，都是薄的，搁在那本厚重的上面，可是怎么也睁不开眼睛，虽然也想去翻翻它们，哪怕一页也是好的，能感觉得到自己的脑袋在慢慢地晃动着，随着车厢的摇晃，偶尔还要重新恢复到舒服些的位置上……在那些残留的意识里，觉得这些天始终都有种身处空空的车厢里的感觉，而所有的人与事，无论远近，都在密闭的窗户玻璃上黏附着，无声无息的。

想象中的陈侗

1

无论何时，在想象中，在回忆里，从任何角度、距离看去，他都像大海中的一座岛屿，那永恒动荡的世界里自在而又稳定的一个点。为了这个说法，我不得不把二十年里留下的那些与他相关的印象与想象的瞬间在脑海里纷繁重放，没错，他就是这样的。但显然，这比喻并不能涵盖一切。于是就得延展那场景——他就像个大航海时代热爱独自远航的人，驾乘自己的双桅帆船，在天秤星座的庇佑下，行进在骤起的风浪与恍然的寂静之间，幸运地没被飓风撕成碎片，还遇到了一座物产丰富的岛屿，然后留下来，在那里筑屋、拓荒，发现各类新物种……当然他不是笛福的鲁滨孙——那个海难的幸存者，试图教化"礼拜五"并在荒岛上建立秩序同时又渴望重返大陆的"文明人"；他从来不是装备精良、苦心经营的冒险家，更非执着名利黄金的新大陆殖民者，他只是为了"满足自己的好奇心"，一点点地把这个偶然发现并喜欢上的岛屿变成了"自己的世界"；他耐心建立航线，一次次载来同好，一次次地把岛上东西带回大陆……他会认同这说法么？或许他带着那种不置可否但多少有些游离的表情，眯着眼看着某处，至多只对其中的"偶然性"有点兴趣，然后半开玩笑地告诉你，他可能更愿意到印度洋的那个留尼旺岛去，而不是去什么荒岛，那里什么都不缺，什么都不用做，也不需要去刻意发现什么，有足够的空闲时间，没事儿就躺在旅馆外面的白色躺椅上，戴着草编的遮阳帽，在耀眼的阳光下看着那不远处的火山，它是活的，但现在是寂静的。

2

"没必要在意这个的，这样的地方，总归就是这样的状况了。"2010年的5月里，在上海的某个陈旧酒店的底层餐厅里，我们等了半个多小时，才吃上难吃的简餐……附近的角落里有几个人正在争吵，对于这些，陈侗并不介意。他对很多常见的事情都不大介意。这种宽容在很多人看来都是有点不可思议的。平时你很难看到他会为人际的事纠结或纠缠不清，他更在意自己所关注的事情是否在推进。那天晚上他谈兴很浓，通过一些人和事，来表达某种"关联性"。他将自己遇到的各种人与事都纳入这"关联性"里，构建起一个整体，使各部分之间发生种种关系，而不是割裂为局部问题和个别现象，"所以事情再多都像是一件事……"后来，自然又聊到了读书，他特意提醒一位白天买了很多书的北方朋友："不要成了书的消费者。"那种匆匆忙忙地看了很多书的状态，在他看来就是消费式的阅读，没什么好处。他推崇慢读，一年只读那么几本书，其中有一两本还是重读的。后来，听我们聊到某位在江湖上风头正劲的朋友的事迹时，他出了会儿神，没做点评。他极少嘲讽人，也不喜欢有人随意轻慢嘲讽人。他建议那位会书法的北方朋友，回头写幅字送给那位亢奋的老兄，内容是毛泽东的《念奴娇·昆仑》，他背诵了几句："横空出世，莽昆仑，阅尽人间春色。飞起玉龙三百万，搅得周天寒彻。夏日消溶，江河横溢，人或为鱼鳖。千秋功罪，谁人曾与评说？……太平世界，环球同此凉热。"有些句子他也想不起来了。他觉得，这首词颇能反映作者的复杂心情，有很多层意味，细琢磨很有意思。说到这里，在场的人都陷入了沉默。

3

　　三四年前的某个晚上，他到上海出席某展览的开幕。后来我又陪他去另一个展览在外滩3号的晚宴。当策展人宣布陈侗到了时，现场响起了热烈的掌声。这掌声不是礼貌式的，而是真诚的。我待在一边，看着他跟大家朴实地打着招呼、握着那些向他伸出的手，我知道，在这种通常充斥着虚伪寒暄与无聊言辞的环境里，之所以会出现这让人感动的场面，主要是因为博尔赫斯书店，"实验艺术丛书"，"午夜文丛"，因为他与法国"新小说"、午夜出版社、罗伯－格里耶夫妇、艾什诺兹、图森的朴素而又密切的关系，当然也因为他对中国当代艺术的独特立场和参与方式……说实话，这样的场景在中国是罕见的，它在复杂的视角和情绪氛围里显露出其单纯的质地；它是如今为数不多的不会引发嘲讽、让人心生敬意的文化现象或者说"艺术行为"。它证明，即使在当下国内戾气漫延的大环境里，面对真正有价值的现象人们达成共识也并不难。在相当长的时间里，很多文学艺术圈里的人到广州时，都会去博尔赫斯书店，那里只提供符合老板兴趣的为数不多的书，多少都会买几本，悄然离开。可能有些人跟我二十年前一样，只因偶然在《读书》上看到那一角广告，知道了博尔赫斯书店的电话和地址，就跟它产生了联系，甚至认识了陈侗……然后定期收到新书目录，收到他编的非正式出版物《L》，偶尔出于年轻人交流的冲动跟他通个意图模糊的长途电话。那时你根本不知道他会写文章，不知道他是广美的老师，也不知道他是画国画出身的，更不知道他擅长画连环画而且推崇贺友直，还对浩然的《金光大道》有独到的研究……也不知道他并不通法语，他是借助法语辞典给热罗姆－兰东和罗伯－格里耶写的信，从此慢慢推开了法国文学中那道神秘而又另类的"午夜"之门。

4

"陈侗可能是中国当代最好的散文家之一了"。我们的朋友鲁毅非常肯定地说。我很赞同。除了我们，我不知道还有谁会这么认为。可能即便是那些很熟悉陈侗，也知道他会写文章的朋友，也未必认识到他在写作上所达到的境界，至于外人，就更不用说了。在他们眼中，或许陈侗永远是博尔赫斯书店的老板、"午夜文丛"的出版人、水墨画家，或是将这些合为一体的永动机型艺术活动家，甚至就是陈向阳，那个说粤语的湖南人。从某种意义上说，不识陈侗文章的好处，就进入不了他那个"自己的世界"。作为罗伯－格里耶思想的追随者，陈侗的思想与文风明显得益于罗伯－格里耶后期的"传奇故事"系列，当然他追求的是那种从容平和、言之有物又隐含机锋的朴素风格，他也很重视行文的准确、节奏控制和层次结构。他在某篇文章中这样写道："对于写作，我的态度比对待绘画要认真。写作于我是真正的挑战。这种挑战不光表现在编织句子时的苛求，更是表现在因为检讨思想必然遇到的深入的难度。既然我已经在新小说的刺激下决意接受阅读的障碍，那么写作将是克服我在绘画上的轻率作风的唯一手段……那么写作就成为了艺术，它不可能，也不应该是为了别的东西的。（相反，直到今天，我仍然相信绘画在某种程度上依然是处于功用范畴的，只不过很多时候它是被语言和形式上的艺术性掩盖了。）如果说绘画的难度来自于我们事先为自己树立的偶像，那么写作的难度恰恰在于文本自身的严密结构。而且，如果它带给人的愉悦不是有既定格式的，那么它就必须彻底捕获读者的感知。"他平时很少跟我们聊写作，也极少对我们的作品发表看法。或许对于他来说，严肃的态度并不意味着要把写作看得很重。就在我跟鲁毅又一次谈到陈侗的写作时，颇为有趣的是，在遥远的黑龙江北部某个农场里，他正带着助手为一部只有几分钟、两个人物、一句台词的短片拍素材，而促使他不远万里赶到那里的，只是因为那里能找到那种老式的联合收割机。

5

他喜欢并享受那种整天飞来飞去又能做到无缝连接的状态。他可以今天下午飞北京，出席一个活动，次日中午就飞上海，参加某艺术机构的学术研讨会，然后当天深夜飞回广州，画画到凌晨四点多，八点出门去给广美的学生们上写作课。他喜欢这种一切连绵不断又尽在掌握的感觉。很多人都无法理解——他有这么多事要做竟然还能经常满怀热情地赶到学校去给学生上课带学生出去写生。关于这个问题，其实可以从他热爱的罗伯－格里耶那里找到答案：永远好奇、热爱学习、亲力亲为。他喜欢做"讲师"，就像喜欢能上升为"艺术"的一切，喜欢那种"他们向东，我不向西，我往南"的状态，喜欢生活与工作是不断流动变化的，而不是一成不变的，喜欢有"多重身份"："我的多重身份和形象大概就是在不断地违背经济规律的空间实践中逐步形成的，它让我的社会活动家的名声越传越远，却没有人真正同意这只是一个不体现为具体作品的艺术家的社会／艺术实践。相应地，为了还原这种实践的艺术性质，我努力整合各种身份，将所有的行为都当成了作品。如果说传统的艺术定义不能很快接受这一点，那么当代艺术的开放性却十分愿意为它敞开大门。当代艺术为了与传统艺术划清界线，尽可能地收揽一切非形象的东西，才不会理会它们在经济社会中的结构与寿命。就这样我那些关于空间实践的陈述在远离现实的云端获得了阳光……说到底我只做自己的事，就是说所做的都是可以署上自己名字的事情，所以事情再多都像是一件事，这件事就是'艺术'。"

6

我认识了二十年的陈侗，其实在很多时候都更近乎一个想象中的人物。我们每年的有限碰面非但丝毫不会把这种想象的乐趣拉入现实，反而会进一步强化。而他所做的一切都表明，他确实就是一个能让你对想象越来越有兴趣的人。比如你知道在多年以前，有次他带学生们到乡下写生，而山东某地的电台要对他做个电话采访，于是他就找到村委会旁边的小商店里的公用电话，站在那里跟那个主持人聊起来，一直聊了六个多小时。后来有一次他带我去那个地方时曾在车上指给我看那个他打电话的地方，跟我想象中的完全不一样，因为在我的想象里还包括漫长的六个多小时里很多环境细节的变化。再比如在他的"午夜文丛"出版计划里早就有了罗贝尔–潘热的作品系列，甚至我曾在博尔赫斯艺术机构办公室的半开的抽屋里瞥见过某部作品的校样，在长久的等待中我想象这些作品的内容，想象潘热的语言气息、温度和节奏，久而久之，就好像我早就对它们烂熟于心似的。那一次，在去法属留尼旺岛之前，陈侗在机场候机大厅给我打了个漫长的电话，多数内容都是关于自己的生活状态的，现在我完全想不起来具体都是什么了，但我却清楚地记得他随口提到可能会在那个岛上写本自己的书，不会很长，有点像日记，但又并不是，可能还会有些速写手稿穿插在里面，不知道，他说，很可能是另外的样子。他说这本书的名字，可能会是《寂静的火山》。于是在期待这本书的两年多时间里，我在想象中不断地填充着它的可能的内容，甚至包括那些速写稿……等到后来终于看到打印稿时，我发现，这已是另外一本《寂静的火山》了。或许从这个意义上说，我在这里所描述的，也只不过是我想象中的那个陈侗而已。

2015 年 9 月 6 日

为什么萧红是天才？

因为萧红，才会去电影院里看《黄金时代》。三个多小时，足以看够萧红的悲苦人生。这部电影的价值，或许也就在于此。其实它讲的，都是早就知道的那些事儿。熟悉萧红的，算是重温，不熟悉萧红的，估计只能是一头雾水——这么一个除了码码字，什么都不会的女人，值得用一部电影来说吗？

许鞍华竭尽全力，只是拍出了一个日常意义上的萧红。但这不能怪她。文学意义上的萧红，不但她拍不出来，别人也做不到。没人能用一部电影去证明，这个逃了一辈子也没能逃出痛苦的女人，怎么就是个文学天才。从这个意义上讲，萧红的人生故事如何讲，根本就不重要。需要明白的只有一点，作为文学天才的萧红，只能在她的文字世界里找到。

萧红是个天才作家。这样说，可能很多人会不以为然。因为在人们通常的印象里，整个二十世纪的中国文学领域，就没哪个作家足以称得上是天才。这种看法，大体上也是事实。那些在中国现代文学史上留名的多数作家，不是太知识分子化，就是太意识形态化。前者失之于受了过多的教化，太过得体；后者则失之于思维与想象的固化，毫无活力。萧红，是个例外。单凭一部《呼兰河传》，她就足以不朽。

那萧红凭什么被称为天才呢？其实只要看过她的《生死场》和《呼兰河传》就会明白。这一前一后两部杰作，展现了她的全部天才。把萧红跟当时那些不同类型的作家比较，就会发现，那些人的创作方式、语言风格和作品样态，都能从国外的或传统的经典作家和作品中或多或少地找到影响的线索，但在萧红的作品中几乎找不到。那些作家要表现的是对现实世界的观照、介入与思考，而萧红要做的，则是为自己重构一个世界，用以抵抗对于她来说正在不断瓦解崩溃的现实世界。

另外，那些作家无论如何写作，都是为了体现自己的存在与价值，而萧红的写作，却是她存在的目的。他们是社会意义上的人，因此他们要通过写作构建起与社会的有效关系，以免自己被巨变中的社会浪潮淹没，因此他们的写作是有着明显的"社会自觉"的；而萧红是个原生态的人，她像头小野兽似的被抛入了那个险象环生的社会，不断地逃亡，直到生命的终点。实际上从最初的逃离开始，她就让社会教化的可能性降至了最低。虽然她也受过一些基础的教育，也喜欢读些传统小说（比如《红楼梦》）、诗文，或许还有点国外作品，但她的写作有着异常鲜明的主要基于个人天赋的自发性特质。这就决定了从她开始动笔那一刻起，她的文字状态和写作方式，就完全不同于同时代的那些作家。而当她在重庆意识到自己可能会短命的时候，她的写作又注入了一股强烈的自觉性。

萧红的作品，无论从任何一页翻开，从任何一段看下去，都有一股扑面而来的鲜活而又恣肆的气息。她的小说，不管是写景、状物还是叙事，都呈现出一种散点、多层的复合状态和非线性的特征。她的故事情节以及场景不是按照逻辑性的线索展开的，而是像在夜空中燃放烟花那样一簇簇升起、此起彼伏地绽放式的呈现。为什么会这样呢？因为她要表现的世界，是早就完满地生成于她的内心深处的，并且容纳酝酿了她的所有回忆与想象，仿佛她在写作的过程中只是信手拈来而已，只要随手点化，一切就都瞬间活现，熠熠生辉。

那么她的小说有没有结构呢？当然有。不但有，而且还足够独特。其特征，就像在平静的湖水中投入石头泛出一圈圈的波纹，而这"湖水"，又有两层意思，一是关于自然景物和环境的，一是关于人物和事件的。也就是说，在她的小说展开推进的过程中，这两个层面的湖水投石的波纹效应是交替出现并且交相呼应的。所谓的"一波未平、一波又起"的说法，恰恰适合用来形容她的这种在两个暗自关联的层面不断生成波纹效果的结构方式。

具体到字句的层面，她的笔法又是跳跃、闪回、不时回旋式的。我们来看她二十三岁时写的《生死场》的开头部分：

一只山羊在大道边啮嚼榆树的根端。

城外一条长长的大道，被榆树打成荫片。走在大道中，像是走进一个荡动遮天的大伞。

山羊啃嚼榆树皮，黏沫从山羊的胡子流延着。被刮起的这些黏沫，仿佛是胰子的泡沫，又像粗重浮游着的丝条；黏沫挂满羊腿，榆树显然是生了疮疖，榆树带着偌大的疤痕。山羊却睡在荫中，白囊一样的肚皮起起落落……

菜田里一个小孩慢慢地踱走。在草帽的盖伏下，像一棵大形的菌类。捕蝴蝶吗？捉蚱虫吗？小孩在正午的太阳下。

很短时间以内，跌步的农夫也出现在菜田里。一片白菜的颜色有些相近山羊的颜色。

从这几段文字中不难看出我们前面概括的笔法特征。同时也能发现，她的这种笔法其实源自其视点的变化方式——她的描述之眼仿佛是嵌入了蜻蜓的眼里，会随着蜻蜓的上下飞舞、高低起落、时退时进生成不同的视界和视觉效果，还有时间的悄然跃变。这种笔法，在晚期的《呼兰河传》里，则更是达到了炉火纯青的境界。从阅读体验的角度来说，那些字句所承载的情节与场景的层层浮现、不断重叠与阵阵消隐几乎是同步发生的，它们又与每个章节的叙事、描写的双重波纹效应融合为一个整体，读者体验着这一切，就仿佛身处行进于波浪中的小船里，而那阵阵波浪不仅仅在船下和前后左右，还在空中，不断拂过你淹没你萦绕着你。换句话说，萧红的小说提供的不是故事，而是一个原生态的不断生长变化的世界。在这个世界里，人与动物、与草木、与山水、与天地，是被同等视之的。其中任何一种，都可以成为生发文字的情境中心，也都可以什么都不是。除了萧红，还从来没人这样写作过，也只有她能这样去写，写得那么好。

2014 年 10 月 16 日

公　园

　　它有呼吸。是说晚上，在黑暗里。而白天，它却不在，只有外面的那几行树还在，掩映着天色。有梧桐、香樟、冷杉和别的什么杂树。里面的建筑都裸露出大半，不好看。只有到了天黑之后，它才又重新变成了活的存在，周围的那些建筑、马路什么的，再也不能拿它怎么样了。偶尔路过的人，即使是紧挨着它的旁边走过去，也是看不到它的。那些人都会像影子似的，无声无息地走过去，像漂移，在那些树的重重叠叠的影子里，不时被街灯的光芒灼出些暗金色的斑点。白天里经过它这里时，感觉在它的位置上就像有个秃顶的身材臃肿的老人，懒散而有些邋遢地蹲在那里，晒着太阳，或只是吹吹风。而它却不在那里。这样你就完全不必再侧过头去，摇下车窗，对着它深呼吸了，还可以看另一边，那里有个张着高护网的球场，外面还有些五月里会开满粉白花朵的桃树，它们会让你觉得自己在经过的是另一个地方。晚上，乘出租车从高架上下来，摇晃着经过狭窄不平的松花江路，到双阳北路左转之后，会觉得忽然暗了一些。马路两旁的粗糙建筑都安静地待在那里，灰尘的气息逐渐减弱。很快的，你就能感觉到它的气息了。你若无其事地摇下车窗，把头歪在窗口，风像什么大鸟的暗灰羽毛似的轻拂着脸。在这条S形路线的中部，路灯总是散发着金灿灿的光线，它们散落在那些缓慢晃动或寂静的黑亮叶子上面。当你闻到了各树木混合的芳香，还有草本植物的青涩味的时候，就能感觉到它的呼吸了。它的呼吸缓慢而悠长，以出租车的这种行进速度，刚好够你体会它的一次完整的呼吸过程。只是要想分清呼与吸的次序就不大容易了。每次经过都不同。不管是呼还是吸，它都是黑暗的底部，其深度刚好可以衬托出夜空的那种淡薄微亮。以至于你会觉得它是在吸进黑暗再吐出淡薄的天空。下雨天会影响到对它的呼吸的感受清晰度，但要是刚好在雨后去感受它的呼吸则是最为理想的。冬天里树木凋零也不会有什么影响，只是它的呼吸会变得特别的安静。有时因为走神或是疲倦，你会忘了它的存在，可是当它的呼吸不经意间被你忽然感觉到的瞬间里，你的心脏会不由自主地抽搐那么一下，通常这时车已右转来到它的北面的国顺东路上了，你能看到展开的稀薄夜空，以及远处的商业区的灯火正在一簇簇地涌入视界的边缘。你会觉得这车以及车中的自己正处在它的呼气里，被迅速地推向远处。而在感受到它的缓慢吸气时，你会有种很惬意甚至陶醉的感觉。就那么短短几分钟，在你的感觉里却像凝止的无边无际的领域。它是黑暗本身。或者你也可以认为它是黑暗的核心。你一次次不断经过它的旁边，却像是只有这么一次，永无止境的一次，它的呼吸也只有这么一次，极为缓慢的。你从来没有想过，某一天停下来，进入它。

Ⅱ

我们父子

广　阔

　　笔直清幽的雨道在午夜过后继续下落着，它们从黑暗中来，穿过这一小块微亮的灯光，马上又落入了另外的黑暗。在窗口，感觉并没有多少风，有的只是雨气，不时地涌过来。外面已看不到多少灯光了。错落重叠的建筑物都成了影子般的东西。渊深无边的寂静里持续回荡着雨点坠落破碎的声音，而仔细听起来，这声音以及那无数雨滴本身似乎都只不过是这寂静不断分解出的无数细节而已，而其中的每一个其实也都可以视为寂静本身。你把手伸到外面，接几滴雨在手心里，或者只是一滴吧，发现它是温暖的。把手收回来，重新张开，它是有光的，非常的饱满而又宁静。世界有多大？以前很少会想到这个问题，似乎它的大小与我没什么关系，我不过是个微亮的斑点，搁在哪里，并无本质的区别，可以随时隐没在某个缝隙深处。现在我终于知道了，这世界原来是如此的广阔。你要是能听得见外面的骤然变大的雨声，就会明白为什么我会这么说了，它们把此前的无边寂静转眼间就消解得无影无踪，似乎满世界都只有不断放大的雨声，可是你知道，那并不是无目的的喧哗，而是赞颂，唯一的、最为纯粹的赞颂，胜过任何意义上的言辞。在某个飞溅的雨点里，我看到一种微白的色调，从它刚刚绽开的那个过程中，我听到了复杂的节奏变化，里面包含着无数复杂微妙的合弦音，它们可以用来描述最为热烈而细腻的感情，以及这个广阔的世界里最为无形的光线，还有变幻莫测的风，也能用来描述眼睛——那么幽静。

太湖之远

我们漂浮在路上。暗蓝色的高速公路。就像是特地为我们而备的一道潜动于空气底部的海流，绵延着，起伏不已，又无比的寂静。它在车轮的摩抚下发热，又在我们的身后变冷，而两侧的移动景物，都只不过是它的装饰而已。

一行是十来个人。我们是我跟儿子。他靠着窗边，在最后一排，侧歪着身子。我尽可能给他让出更多的空间。他拒绝关上窗户，至少要留一道缝隙，尽管这样会有尖锐的风声，但他觉得这样好。

他眯缝着眼睛，任凭我把他的黑色运动服的风帽拉起，扣在他的头上。

我慢慢地吃着他的小食品，半盒薯片，几个果冻，还有柔软的水果糖和甜腻的果脯。

我喜欢他那个位置，可以让风吹着脸，尤其是在这种还没热起来的四月天气里，风会吹得身上冷清，脸上发热，能感觉到绒毛都变得绵软，而皮肤却有些发黏……要是把手伸到外面去，就会感觉在气流里的手就像水里的蛇一样，在激流里上下伏动，尤其是一个意外的气流动荡让手腕不由自主地向上弯曲的时候，会有种莫名的快慰，使心脏忽然收紧那么几秒钟。

这让我想起某些时候，我自己坐在这样的位置上，飞快地经过河堤路，离开那座城市，外面的景物迅速地向后移动，河水浑浊，而对岸的山脉则像灰蓝色的波浪，看久了，又会觉得有些像海浪里庞大的鲸群，然后，又会是暮色里烧荒后尚未散去的烟雾，因为那时我们已进入另外一群山里了。想着这些，我把手放在了儿子腿上。我们去哪里，爸爸？他醒了。我告诉他，这是去太湖。他想了想，并没有如我所料想的那样继续提问，而是深呼吸了一下，顺手拿过我的手机，找到里面的搬箱子游戏，眼睛靠近屏幕。我自己继续想着要去的那个地方，从名字开始。至少在没有抵达之前，它还只是个名字而已。毫无疑问的，它很大，以至于辽阔浩渺的近乎太虚之境。

还要几个小时？他放下手机，看了眼外面。就要到了，我伸手把窗户拉上。他有些困倦。

要不要听狼爸爸的故事？我侧着头，看着他那似闭非闭的眼睛。

他摇摇头，你讲木法沙吧。找到个舒服的姿势，他很快就睡着了。木法沙是辛巴的父亲。而辛巴则是琪拉雅的父亲。这些事情他比我清楚。

"蝙蝠曼恩释放了黑夜，于是鸢鹰契尔把它带了回来……"

后面的那些句子，可以找人写歌了，拍动画片时用得上，我想。莫格里天亮下山去见人的时候，车窗外的暮色也开始从远处向我们靠近。汽车进入了服务区。

我把拉开的包重新又合上了，里面的那些书现在还不想看，而想看的那本书又没带来。儿子真是太重了。他半梦半醒的，让我背着他，下去吹吹风。司机的女儿像小鸟一样轻盈地跑来跑去。

他漫不经心地看着她，然后告诉我，他想回去了。天还没黑，湖水灰白。能看出阵风掠过水面时泛起的几道不同样式的波纹，有时候，不同方向的风会使几道不同形状的波纹交织重叠在一起。一只小船凝固在深远的地方。它是黑色的，寂静地浸于波动不已的湖水中，如果你注视着它，就会恍然间闻到它的气息，那种被湖水长期浸泡过的木头所发出的腐烂的气味，甚至会感觉这随后降临的黑夜仿佛就是从它那里慢慢冒上来的。

湖边有鱼塘，有些肥大的鱼缓慢地浮出水面，然后又潜入你看不到的地方。我的身后是树林。有松树、梧桐、冷杉和灌木。很快的，它们就把黑暗吸入了体内，而它们体外的夜色相比之下反倒要明白一些。

晚饭后，孩子们在大堤上奔跑。

风很大。这是太湖边上的另一个城市。此前是豪华酒店里的灯火通明，现在是湖边大风里的无边黑暗。

儿子不愿意跑来跑去了，他回到我的身边。

这里离上海远么？五岁孩子的问题。

有点远。

那是多远呢？

当然是跟来时一样的远。

也是要好几个小时么？

我看了看远处黑暗中偶尔闪动的水面，回答说，是啊。

那我们明天早晨回去么？他仍旧在问。

我们后天才能回去，我说，看着司机的小女儿在不远处轻快地跑来跑去。

为什么呢？他有些不解。

当然是因为我们来时就是这样定的。

那我们什么时候去太湖呢？这应该是他的最后一个问题了。

我说，明天。

他不说话了。

其实第二天我们并没有到湖上，而是围着太湖转了下去。

晚上又回到湖边住下。那幢小楼建在高处，即使是湖水漫涨上来，这里也不会受影响。天黑之前，领着儿子去湖边转了转，玩了一会儿花园里的秋千和跷跷板，然后天就黑了。

回到房间里，我给他洗澡。在淋浴的水流里，他开心地玩着，而我则是边给他身上涂抹肥皂液，边琢磨着白天面对过于辽阔的湖水时的感觉，那种不由自主有些不知所措的寂寞状态，不知是缘于期待，还是本无期待，心里始终觉得少了某种可以与之相对应的东西。

躺在床上，就要接近于睡着了，他半睁半闭着眼睛，侧着头，喃喃地问我：

爸爸，你去过森林么？

我摇摇头，没去过。

那，我们去森林吧。

我想了想，说，好。你永远不会知道他要问什么。

现在，他终于睡着了。

2006 年 6 月 6 日

我们父子

1

"爸，哈佛算是最好的大学么，在全世界？"

"算吧，至少也是最好的大学里的一个吧。"

"那考上哈佛，算不算成功了呢？"

"也算吧，至少也算是成功了一半吧……"

"……"

"你将来要考哈佛吗？"

"不要。"

"为什么？"

"因为我不想当个成功人士。"

"那你想成为什么？"

"我只想当个普通人，做点什么都行。"

"好吧。"

2

儿子十二岁了。他三岁时，我到上海工作。直到他十岁，才把他接过来上学。这些年他过得怎么样，我其实没什么概念，尽管每天晚上都会跟他通个电话，也会问家里人他的情况。当时他很胖，有一百一十斤了。这让我很忧虑。为了减肥，只好把他最怕的姥爷请到上海，负责他的饮食，严格按照计算好热量的食谱做三餐，每天晚饭后还要逼着他走上几公里。这种事只有他姥爷适合，我就不行，他只要说句我不想去，我就束手无策了。幸好，他后来迷上了篮球，才终于控制住了体重，逐渐恢复到相对正常的状态，而且个子长得很快，十二岁就一米七了。有时候，看着这个又高又壮的男孩站在面前，用开始变声的嗓音跟我说话，我真的会忽然有些不大习惯。他成长得太快了，层出不穷的变化，完全超出了我的想象。

在我的印象里，他似乎还是那个看到任何一种小汽车模型就挪不动步，喜欢独自拿着小汽车在床边不声不响地推上半小时并且一定要让自己的目光透过车前窗的四岁男孩，还是那个见到与恐龙有关的书或画册就要买的对恐龙世界迷恋得不得了的五岁男孩，还是那个不喜欢说话的脾气倔强的六七八岁的男孩……长期的不在一起生活，把他的形象在我的脑海里固化了。他还没有到上海的时候，我经常会回想起来的，是这样的一些场景片断：比如，有一年冬天，我请假回抚顺，陪他待了几天。还有一天就要离开的时候，陪他待在家里玩，他拿着恐龙书，也不说话，就在那里看。我就说，要是我们是恐龙，会是什么龙呢？他说，你是侏罗纪的雷龙，我呢……是白垩纪的霸王龙。为什么我们不在同一纪？因为我们见不到面啊。比如，他七岁那年的夏天，在上海火车站的站台上，他拉着自己的绿色小拉箱，站在车厢门口，他妈妈催促他快点上车，他也不动，她就去提他的小拉箱，他忽然生气地甩开了她的手，大声说："你——干——什——么？！"后来上车之后，他就再也不说话，眼含着热泪。还有他三岁时，我们还在一起，他最喜欢我带他玩我发明的拖死狗游戏，就是他趴在地板上，我在后面抓着他的双脚踝，从这个房间拖到另一个房间，他会笑个不停，只要一停下，他就会大声说，再来啊爸。那时候他很开朗，是个自己看动画片都会笑得满地打滚的男孩。

他四岁时，我给他取了绰号，大象。因为有一天晚上他看完恐龙书，就在地板上晃晃悠悠地走，像在模仿什么恐龙的姿态。我就问他，这是什么龙啊？霸王龙吗？他回过头来表情神秘地说，不是。那是什么？是大象。从那以后，我就管他叫"大象"了。他不喜欢这个绰号。过了好多年，我才终于明白，他为什么不喜欢。他当时之所以会模仿大象走路的样子，只是因为他想到我没几天就要走了，他要像成年象那样，自己走路。可我这个笨爸爸却根本没能理解这些，还以此为他的绰号。他不喜欢这个绰号还有一层原因，就是他知道大象是成群的，成年象是绝对不会让小象落单的。

3

可我还是喜欢叫他大象。我希望他能像大象那样强壮、无忧无虑，没有天敌。我的朋友们也喜欢叫他大象。这让他颇为不满，但也只好听之任之了。那时他已经在上海了，会做出觉得别人无聊而自己只好无所谓的表情了。他已不再是以前那个过于少言寡语的小男孩，似乎随着年龄的增长，他恢复了能言善辩的本色。他会跟我说，你知道我为什么对你把我带到上海不满么？因为你让我失去了最好的朋友……还要让我在这么一个地方重新开始，你知道么，我一点都不喜欢上海。我试图说服他，证明这是正确的选择：在上海你会有更好的环境，可以有更好的学习条件，将来可以考更好的大学……他反问道，"那又怎么样呢？要是我不觉得你说的这些更好是真的好，你会信么？你一定会说出一大堆你的理由来要我接受，我能不接受么？我不接受你也会逼着我接受，反正你也不在乎我的感受。"

我像他这么大时，根本不会这么表达。或者说，我根本还不知道如何表达、什么是表达。我十二岁时，每天只知道逃学或是放学后四处乱跑。我们那个时代的男孩子都是野大的，是从小被父母打大的，而我则更是在父母一次次失望的眼光里长大的。我那时是不可能去想什么父母能否理解我这样的问题的……但是，他会。我小时候学习不好，为了这个不知受了多少委屈。大象出生时，我就想，将来绝不能让他因为学习而受委屈，只要他过得开心就行，不管他学得怎么样。可是我食言了。我很快就失去了耐心，为了他的成绩焦虑，冲他发脾气，训斥他不努力。这让他非常失望。有时他会忍不住大声反问我，"你不是说你不在乎学习，只在乎我开不开心么？！"我无言以对。这让我意识到，不管自己早年有过如何不堪回首的挫折记忆，一旦为人父，变得专制起来其实是非常容易的事。天底下愚蠢的父母都是相似的。

网络对他这代人的影响是超乎想象的。在你乱发脾气时，他在网上会搜出青少年保护条例，说你这样的态度和方式是违法的，"我可以告你的！"在你生闷气一言不发怒目而视时，他会搜出青少年专家们写的如何教育不安分的孩子一类的文章，让你好好看看再说话。真是让你颜面扫地啊。有时你会在控制住自己的情绪，露出自嘲的笑容之后，悄悄来到洗手间的镜子那里，看着自己的脸，心里想，真是愚蠢啊，竟然让儿子教育了。可是你知道，他是对的。不是么？为什么会这样呢？因为你每天总是忙忙碌碌的状态，真正能跟他在一起相处的时间实在是少之又少，你总是希望能利用有限的时间将一些大道理灌输给他，以示你在认真承担着做父亲的责任，却从不能耐心倾听一下他的心声。我在镜子里看到的不只是自己的脸，还有当年我父母的脸，想到他们当年的简单方式被我就这么轻易地继承了，心里不免一阵抽搐。

有时候，我会不得不为了某句因为发脾气而说出来的不得体的话向他道歉。比如有一天，在跟他讨论为什么请了家教却不能明显提高成绩这个问题时，我被他这样那样的理由搞得怒从心头起，我谈到人的被动，然后说出了一句非常不理智的话，让他异常的愤怒。那句话是这样的："任何陷入无法主动选择而只能被动地被选择的状况的人都是愚蠢的！"他听完就跳了起来，睁大了眼睛，大声反问我："你凭什么就这样污辱那些陷入被动的人？！难道你当初学习不好不得不去工厂里当工人也是愚蠢的吗？！你知道愚蠢这两个字有多么伤人吗？！你为什么这么喜欢使用愚蠢这两个字呢？！"
好吧，我承认当初我也是个愚蠢的人。"你污辱自己就对了吗？！"
好吧，我道歉。

4

1952年的冬天，我奶奶带着四岁的我爸爸，从山东走到关外的东北抚顺，整整走了两个多月。那时我爷爷已经在郊区的红砖厂附近的荒地上盖起了一间瓦房，还用栅栏围起了一个很大的院子。到抚顺时正赶上一场大雪的尾声，地上积雪有一米多深。一家人很快的就在这里扎下了根。爷爷当时的最大理想，就是攒够钱，退休后去南方（比如无锡或常州，都是他跟运输车队去过的城市）养老。1977年，他因脑溢血在山东去世。奶奶说，他连家具厨具都准备好了。她在临终前，还念叨起这个未了的心愿。我从没想过自己会来到南方，来到上海。我当时经常想象的目的地，是北京。跟爷爷奶奶闯关东是为了逃脱贫困不一样，我到上海，只是不想在国企那种安稳到麻木的环境里慢慢老死。爷爷到抚顺两年就盖起了自己的房子，而我在上海十年，还在租房子住。这大概能比较直观地反映出两个时代的差异吧。

儿子有一回从同学家里回来，就问我："爸，你为什么不买房子呢？"我说，买不起。"那你为什么要到上海来呢？"我说，因为我可以做自己想做的事情。"可你不就是喜欢看书写作么？一定要到上海来才能看书写作么？"这里有美术馆。"我觉得这不是真正的理由……"那你觉得什么是真正的理由呢？"不知道。反正我就是觉得你其实在哪里都能写东西。"显然，他是被同学家的宽敞明亮的大房子刺激到了。我告诉他，人活在这个世界上，总还有比房子更重要的事吧？能做自己想做的事，比什么都重要。不管是有钱人没钱人，最后都会死的，到那时候，能把房子带走吗？他听着，摇了摇头，"反正理解不了你的想法。再说了，你写作能挣多少钱呢？你出本书能挣多少钱呢？是不是只有出了名，才能挣很多的稿费？"

　　我试图通过耐心的解释，让他明白，能一直喜欢，比有没有钱重要得多。"可是我觉得你还是在乎钱的……"是，我确实是在乎的，他说得没错。我会在乎稿费的高低，会算计版税的多少，会在乎自己的薪水和年终奖的增长……好吧，就算如此，我们该有的不也都有了么？"你没有汽车。"我不喜欢开车。"那你觉得你现在算成功了么？我觉得你并不算成功。"我们辩论了很久。后来他表示，他并不是要否定我喜欢写作读书这件事，他觉得这没什么不好，但仍然觉得我没有成功。"你为什么不写畅销书呢，爸？"我写不了，也不想写。"我觉得你这么讲就是有情绪。"我说的是实话，没有半点情绪。

暑假里，他的同学有一半都跟父母出国旅行去了。不过他倒并不羡慕他们。他只想多些时间打篮球。他最大的愿望，就是有一天能去迈阿密，看场热火队的季后赛。除此之外的，他都没什么兴趣。他觉得跑到国外去玩，也没什么大不了，挺无聊的，有什么可看的呢？"爸，你的理想是什么呢？就是当个作家？"我告诉他，先得养这个家，然后才是其他。"这很难么？"他淡淡地说道。"我觉得这个你已经做到了。我还是觉得你应该考虑一下怎么能成功的问题。"

5

他的理想，是将来能去 NBA 打球。我说这很难。他听了似乎想要辩论一番，但想想还是放弃了。他觉得他将来完全可能靠打篮球活着。他从网上下载了 NBA 训练大纲，带着几个小伙伴按照大纲要求训练，只是运动量减半。即使别人不去练球，他也会自己去。那个篮球场我去过。它在河边的一个社区公园里，是个围着铁丝网的露天球场。因为没有教练，他的很多动作都不够标准，但这并不影响他的热情。他会通过看NBA比赛来纠正自己的动作。每次训练，他都练得很刻苦。以至于我会犹豫，到底要不要把他送到体校去打篮球？可是我还是打消了这个念头，太不切实际了。我发现在这个问题上，自己有种莫名其妙的保守。不管怎么样，还是要考虑将来怎么活下去啊。

　　"我觉得我们这代人，将来不会像你们这代人这么累的，"他说，"我们可以按照自己的想法活着，随便做点什么，都能活着……我觉得我有很多事可以做，就算我上不了大学，也一样可以。"是啊，我算了算，等他到我这年纪，加上他老婆的，估计会有八套房子，随便怎么样都能轻松过下去吧。当然这种算法也挺搞笑的，真要是到了那个地步，房子也就不值钱了。不管怎么说，我们的观念差别都挺大的。我已是个保守主义者，而他呢，是个现实的理想主义者。我对未来的忧虑，在他看来或许是莫名其妙的。而他的"成功"和"不需要成功"观念的自相矛盾，在我看来则是这个年纪男孩的基本特征。他真正在意的，其实是那种自由的感觉。

　　每次陪他练完球，我们都会走到附近的一家便利店里，吃冰激凌，喝点水。主要是为了跟他聊一会儿。我们坐在大玻璃窗前，看着外面的马路。我早已习惯了话题由他来选择。他不大喜欢跟我聊

NBA，他知道我现在基本不看了，我不知道现在最当红的球星是哪些，他们有什么特点，就算他讲了我也还是摸不着头脑。如果一定要谈的话，他也会有意谈些关于乔丹、马龙、约翰逊和张伯伦这些老早年代球星的事儿，为的是照顾我，不至于冷场。他更愿意问我些历史方面的问题，比如，甲午战争到底是怎么回事儿，输在了什么方面？抗美援朝志愿军死了多少人？为什么美国会是超级大国？美国的南北战争是因为什么爆发的，林肯总统是被什么人刺杀的，黑人为什么会被歧视，他们有那么多的篮球明星？我们会不知不觉地待上一个多小时，然后才离开。其实我知道，他只是想多跟我待上那么一会儿。我也是。

6

"爸，明天你回来么？"

"没什么事就会回来的。"

"哦，那我告诉奶奶。"

"我再陪你走一会儿吧……"

"不用了，我自己走回去……"

"我陪你过马路吧……"

"不用了，你不是还要赶着写东西么？"

"没关系，过了马路，我可以去坐地铁。"

"你还是打车吧，节省点时间。"

2014 年 4 月 3 日—6 月 10 日

场 景

    他坐在舞塔顶层的办公室里，侧歪着身子，右臂挎在椅子背上，面无表情地看着设计师的电脑屏幕。空调的作用似乎并不明显，尽管开着通气窗，但还是有种闷闷的感觉。之前他已吃过设计师递给他的一枚美国李子，以前在水果店里看到它时，似乎叫的是另外的名字，有点想不起来了。黑布林么？好像是吧。他跟设计师的苦恼是一样的，都不知道究竟要在这个PPT里加入些什么内容。他们只能等着更新的消息传来。只能这样等着。就在这个时候，有几个身着深色制服的保安，从舞塔的顶部爬了下来，悄无声息地钻到了这间办公室里。他们走过来，到他面前，然后分别抓住了他的胳臂，转眼间就到了楼下，也就是后面丽笙酒店的游泳池旁边。他看到了那片浅蓝色的水。他想扭过头去对他们说点什么，比如这样近地看池水，确实比在上面看来得清楚，但也不那么好看了。因为之前他一直在上面注视着这个游泳池来着。那里平时经常会有几个老外在游泳，或者在旁边的阳伞下看报纸，或是悠闲地晒着太阳。他很想把这些告诉他们，那几个保安。但还没等他想好，他们就动手了，把他抬了起来，慢慢地松开手，让他慢慢地落入到游泳池里，刚听到扑通一声，整个人就沉了下去。他闭着眼睛想，这实在是太好了。尽管没来得及穿上游泳裤衩，也没有来得及脱掉衣服，但想想看，你实在不可能要求太多了。要在水里沉没个几分钟再浮上来吧？当然了。透过水来看外面的五月里的热烈阳光，感觉仍旧是那么地强烈。

父子书

"爸，这些书堆得都要倒了，你没发现么？"儿子大摇大摆地晃了进来，往我的床上一躺，随手拿起一本达尔文的《物种起源》，"这就是进化论？一百多年前的了，都写了些什么啊，你看完了么？"

"我一直都很奇怪，爸，你为什么总是很喜欢看跟我们这个时代没什么关系的书呢？我觉得就是因为这个，你才会去写那些别人都看不懂的东西。我觉得你写这些已经证明自己了，为什么不去写大家都看得懂的呢？你都不知道我们这代人喜欢看什么书。"

"爸，你就不考虑考虑谁会看你的书么？我觉得这是不对的，你不能无视哪怕是最普通的一个可能会读你书的人，要是你不知道他们在想些什么，你怎么可能写出他们喜欢的书呢？那样的话你就永远也写不出畅销书了，难道你不想让自己的书卖得好？不想通过写作让自己很有钱么？那样至少我们就不用租房子住了。"

"这本书太压抑了，"他把我送他的那本厚厚的《奥尼尔自传》丢到了一边，"他后来活得太惨了，我都不想看了，真够他受的，怎么会那样？我还是喜欢能让我振奋一点的，不然的话我也会变得没劲了……"

"你知道我为什么喜欢这本书么，爸？"他指了下那本《极简宇宙史》，"因为它简单明了，不绕弯子，它用最平常的话告诉我那些宇宙的知识，看着很舒服，一点都不累，可以随时翻开，随便从哪一页看下去，也可以随时停下来，一点不影响什么。我就喜欢它的简单。"

……

从十三岁到十六岁，儿子经常会这样跟我说话。每次走进我的房间，他都带着审视的目光，仿佛头回进来似的，打量着周围的书架，还有床上的那些书。他拿起这本，翻了两下，又换成另一本，再放下。他的问题永远不是关于这些书的内容本身的，而是关于它们为什么会被我喜欢，因为他实在看不出它们有什么吸引人的地方。我已记不得他第一次质疑我的书是哪一天发生的事了，只记得当时他来到我的那个工厂园区里的工作室里，坐在沙发上，左右扫了几眼那些书架，"好像又多了不少书？"我点了点头，半开玩笑地说，"它们将来都是你的。"他摇了摇头，"给我？可我对它们一点兴趣都没有啊？""或者，你把它们捐赠给哪个乡村图书馆也可以。"他出神想了想，没再说什么。

这个场景对于我来说，是个巨大的时空落差。这意味着，我必须要接受这样的事实：他已不再是那个每天晚上急呵呵地要听我讲吉卜林的《丛林故事》，甚至逼着我编各种版本的狼爸爸续集，或是安静地听我讲卡尔维诺的《意大利童话》的男孩了。他也不再是那个整天喜欢抱着那些关于恐龙世界的书看个没完、把我跟他的角色分设在侏罗纪和白垩纪的男孩。你还没得及把《一千零一夜》和《安徒生童话》读给他，他就长大了——这种变化要远比他从一米五五长到一米七二来得触目惊心。他再也不会像以前那样随意地挨靠着你了，而是在你每次出现在他面前时都会带着某种警觉面对着你，当你试图摸下他的脑袋或搭一下他的肩时他总是会下意识地避开，他会不失时机地表明态度：他跟你一样，喜欢独自待在自己的房间里，而不喜欢别人没事就随意进来。听到此言，我多少还是有些不习惯的，甚至有些尴尬。

为了理解他的这种变化，我不得不去想想自己在他这个年纪上是什么样的状态。那时候的我不明白为什么我爸会把那套从朋友那里借来的线装绣像版《红楼梦》用布包裹着藏在衣柜里，好像唯恐被我们看到似的；家里没多少书，除了袖珍本《毛泽东选集》、《赤脚医生手册》、《新婚知识》、蔡松藩的《东周列国演义》、林汉达的《春秋战国故事》、胡绳的《从鸦片战争到五四运动》，就是《鲁迅杂文选》、司各特的《爱丁堡监狱》和《艾凡赫》，还有半部《斯巴达克思》。而我感兴趣的只有战争方面的知识，比如甲午海战中的细节、解放战争中每次战役的情况。但印象最深的，却是《斯巴达克思》里的角斗士和看台上的那些罗马高级妓女裸露的洁白如大理石的肩膀。当我把这些记忆讲给他听的时候，他一边玩着魔兽游戏，一边摇着头说，"老爸，你想过没有，要是那时候也有电脑和游戏，你还会看它们么？今天的孩子跟你们那时候已经完全不一样了啊。你们喜欢的，不代表我们也要喜欢。"

不管我给他推荐什么书，他基本上都是拒绝的。他想要什么书，会把书名用 QQ 发给我，让我去买来。十三岁时，他迷恋猎鹰的书，把能找到的都看了，而且还不止一遍，那时他只关注特种兵这个主题。接下来《盗墓笔记》又成了他的枕边书，差不多有一年多时间都在反复看。那猎鹰呢？我问他。"猎鹰？"他想了想，"他写故事的能力还是挺强的，但语言，太松散了，经不起反复读……有段时间我写作文都是模仿猎鹰，可老师觉得一点都不好。其实《盗墓笔记》也有类似的问题，只是题材更有意思一些。"问及对他影响最大的一本书，他不假思索地说，《超越无限：迈克尔·乔丹人生哲理启示录》。他特别喜欢乔丹的那段话："如果我跌倒，那就跌倒吧。爬起来继续前进，拥有一个愿景然后去尝试……如果我成功了，那很棒。如果我失败了，我也不愧对自己。"说完这段话，他还不忘批评我一下："老爸，我觉得你有个最大的问题，就是你并不渴望成功。"在我表示不认同时，他补充道："因为我看你整天除了闷头看书和写作，并没有表现出对于成功的热情。你只是写你喜欢写的，而不是别人会喜欢看的。你写的太小众了……你不觉得这是个问题么？"

不觉得，我说。

"反正这是你的问题。"他摇了摇头，"你回避不了的。"

"爸，你能不能不那么写我呢？"读初二时，有一天，他看到了同学转给他的那篇我写的《我们父子》。"我随口说说的话，你也写进去了，这真的让我很尴尬的，同学们都开我的玩笑，问这问那的。你应该问问我再写，我觉得我跟你写的我不一样。这是不真实的。另外我跟你写的《抚顺故事集》里的那些人也不一样，你不能用写他们的方式来写我，我也不是很赞同你那样去写他们，他们也有很多方面是你不知道的，不是么？"（他的这番话，直接导致我放弃了跟出版社签约的那本《我们父子》的写作计划）

我默默地注视着他，过了一会儿，我问他，你看了么？

"看了一半吧，"他晃了下脑袋，"后面的就不用看了。我知道你怎么想的。我并不是要否定你的写法，就是觉得还有其他的可能，只是你没意识到而已……你还是太喜欢自己的那种写法了。"

好吧，我无奈地耸了耸肩。他还没完，"不过好像你们作家都不喜欢别人批评。还有就是，我觉得你并没有全力以赴去写你想写的东西，我看你经常都很悠闲，像没什么事儿似的，今天去跟这个朋友吃个饭，明天又去参加那个聚会，在家里时也是没完没了地看书，你为什么不关上门写呢？我要是你就哪都不去。"

有段时间，他的同学都在看雷米的《心理罪》。他也让我给他买来，厚厚的五大本。他看了几天就放弃了。他觉得情节让他有点吃不消，完全不能适应，太邪了些，看了不舒服，他把它们丢到了角落里，"等以后再看吧，至少现在我是不想看了。"在我拿起其中的一本翻看时，他沉默了片刻，忽然想起来似的问道："爸，以前，你刚开始看书的时候，对你影响最大的书，是哪本呢？"

我想了想，应该是《尼克·亚当斯故事集》吧，海明威的。"原因呢？"原因么，就是它让我明白，一个人在年轻的时候独自游荡有多么的重要。

"哦。"他点了点头，出了会儿神，没再言语。

2016 年 5 月 22 日

理智之年

　　大象拖着海蓝色的儿童旅行箱走在后面，他的衣服半敞着，胖乎乎的脸蛋上泛着微红，小嘴巴半张着，眼睛向前张望着喘着粗气。进入车厢里，数着卧铺的号码往前慢慢地走，大象跟在我身后，仍旧是不说话。大象这个名字是几天前才想到的，他在走路的时候模仿恐龙的样子，我说这可不像恐龙，倒是很像大象了。他听了就笑，说大象怎么是这样啊？晚上我们躺在床上玩斗兽棋，我说你看，大象是最厉害的，他听了挺高兴。可是我又提醒他，老鼠是大象的对头，因为它会钻大象的鼻子。他半信半疑地看着我的眼睛，爸爸，你是在说谎对吧？我似笑非笑地看着他，然后我们都大笑起来。可是他现在不说话。他坐在卧铺的边上，眼睛看着那小桌子上的空空的白铁盘子。我把东西放在行李架上，坐在他的旁边，也不知道该说些什么。他不看我。也不看外面。这时他妈妈过来让他往里面坐一坐，并伸手推了推他的肩头，就这样，大象发怒了。硬生生的一个字一个字地响起来的，你——干——什——么？！

我有些无所是从。我看着他。我看外面，那些往来的人，还有站台外侧的铁轨，还有那些寂静的建筑。我看看手机上的时间，还有十分钟才能发车。他坐在那里，眼泪已经滑过脸蛋，落下来了。他并不哭。他是有意忍着不发出声音来的，这我是知道的。可我不敢碰他，哪怕只是一小下。闷闷的，我觉得心里放着一块形状不规则的没有刨光过的木头，我只能很慢地很小心地呼吸，不能乱动，以免它上面的毛刺会刺痛周围的脏腑。后来，我来到外面。站在那扇窗子前，我从暗影中再一次看到了他的脸庞，湿漉漉的，胖乎乎的身体在抽搐不已。我想我得走了。左右看了看，找到了方向，没多久就进入了空空荡荡的地下通道。上一次大象回家的时候，还不知道留恋什么，笑嘻嘻地坐在卧铺上，不停地说话，左顾右盼、兴奋不已。只是隔了半年左右么，就长大了？此前的晚上，他坚持要跟我睡在小床上，"爸爸，"他软软地猫在我的旁边，小脑袋露出在被子外面，让我把台灯往下放一放，然后继续说话，"我把恐龙的光盘给你留着了，还有那几个机器猫的……"想到这里我的眼睛就有些湿润了。那个晚上我几乎没怎么睡，怕挤到他，后来只好把他抱回到大床上他妈妈的身边。而我自己则重新回到小床上躺下。

这两年，我已经习惯一个人睡了。

　　大象并不知道我的习惯是什么。他观察过我，可是找不到什么答案。他不知道我为什么要到上海来。因为他不喜欢这个地方，这里没有小朋友，没有电脑里的游戏，这里楼房过于密集，人也太多，他觉得没意思。他不知道我这些天里一直没能习惯他们每天出现在我的生活里。他习惯于等我回来才睡，不管时间多晚，也要等着。他要给我讲他的恐龙故事，大方地让我做霸王龙，而他自己只做稍微弱一些的恐龙。说到困了的时候，他就转身睡了，临闭上眼睛前，还不忘告诉我，明天我们能像白垩纪晚期的恐龙那样玩么？我说当然能了。他就微笑着闭上眼睛，说声谢谢，谢谢爸爸。我说不用谢。他就说，谢谢总是要谢谢的嘛。有一些天，我回来的都很晚，他就不再等我了，自己睡下。星期天里，阳光照射得房间明晃晃发亮，我终于有时间跟他谈恐龙了，他说爸爸你在侏罗纪吧，我在三叠纪。我们这样会隔了很远啊？他说是啊，因为我们见不到啊，见到了你有时候还老是批评我。实际上，他的对于年代的区分是有道理的，他活在他的世界里，我活在我的世界里。我们能彼此看到，却又都无法进入对方的世界里看个究竟。他能一个人在屋子里看日文版的机器猫时而唱时而大笑不已，完全不理会我带着羡慕的眼光一会儿进来一会儿又出去。为了不伤我的自尊心，他总是把我放在他心目中的首位，而把那个肚子上有个什么奇怪的宝贝都能拿得出来的小兜儿机器猫小叮当放在第二位。他还懂得在我不开心的时候安慰我，爸爸，等你老了，我给你买辆宝马汽车吧。

从火车站地下通道里出来，穿过收票口，来到人满为患的广场上的那一瞬间，感觉就像是刚从时空遂道里出来，转眼就到了另外一个星球上了。好在我跟他们没什么两样。而且，刚才我的眼睛湿润了一会儿，此刻那些水分已被眼部肌肉充分地吸纳了，虽然只是一年中的又一次湿润，与上次相隔将近十个月了，但是仍旧可以证明这功能是正常的。在这个充满理智的年龄上，这种功能的保留能够在多大的程度上令人感到乐观呢？出租车带着我缓慢地钻进城市深处，那些或新或旧的高低起伏的建筑物确实容易给你一种丛林的感觉，这个到处是弯路的巨大城市围绕着我，重重叠叠的，充满了阻碍与缝隙。大象此时已被火车带向北方了，随后发来的短信里说，他已经开始吃东西，开始跟旁边的小朋友们说话了。我很想听听他的声音，可想来想去的，还是克制住了这个念头。把手机揣起来，我去想另外一个人，不知道大象你还记得不，去年春天里他曾到家里来看过我们，我让你叫他伯伯，他比爸爸大两岁，他的眼光比爸爸的温暖，尽管他的动作有些笨拙，手也有些湿冷，可是他把你抱起来的时候又是那样的轻柔。他是爸爸最好的朋友。他已经很久没有来电话了。在上一次电话里，他告诉我，他还活着，不再看书了，也只是活着，如果再看书，他就会死。这么长时间以来我一直在等他的电话，等他的消息，可是没有。那天他放下你的时候，大象，你没有注意到他的眼睛都湿了。他说他也很想有个你这样的孩子。

很久以前，我们一起去买书。他的书被他叔叔丢到了走廊里，他不得不一本本地捡起来，装到袋子里，然后背到宿舍里去。宿舍里冬天总是很冷，而我们拿着几本书对着冻住的窗户漫无边际地胡乱抒发感情，喝着酒争着抢着去临写颜真卿的麻姑仙坛记。他在铝厂的电解车间里不能读书，只好去读那本旧的新华字典，去看后面的朝代年表，各大洲的国家和地区，他喜欢跟我比谁知道的更多一些。我比不过他。后来我们一起开书店，然后又散了伙，他在路边剃了个光头。再后来他卖了工作，没错，那时工作是可以卖的。他带了钱去沈阳，在一幢写字楼的六楼开了个书店，用光了全部的钱。这里面还有很多事，以后我会跟你讲的，亲爱的大象。他帮人写信，写各种各样的应用文字，以维持一间冰冷的平房里的简陋生活。他在大街小巷里贴了很多广告，然后又被人拿掉，他的生意也就越来越难做了。他还教过孩子们写作。然后他去卖菜。后来他就整天待在那种门票只要几块钱的舞厅里。他爱上一个女人，也爱上了她的孩子。在他眼里所有的孩子都是值得去好好疼爱的。他打电话反复嘱咐我，你真要好好爱你的儿子，他说你永远不会知道小孩子需要多少爱，再多也不会真的多。后来他再也找不到那个女人了。我知道，他说，都是因为我的感情太热了，人家也受不了，可我确实做不到不那样去热。他说我没有你那样的理性。而我呢，也就是带着这所谓的理性吧，跑到了遥远的上海，开始了更为理性的生活。

　　我写下这些是为了给以后的你看的。到时候你也许自然就会懂其中的意思和道理。如果说非理性的生活是一种不断的拆解，那么理性的生活就是组装了。每天去找来各种各样的东西，能用的不能用的，总之要通过某种方式组装在一起，使之看上去是合理的可以掌握的。组装后的东西才会有价值。这里说到的价值并不是说它是好的，而是说它是可以进入社会并且流通的，就像货币那样。这样的一种说法听起来是不是显得有些消极呢，因为它的某种冷漠气息？冷漠总归是用来对应热烈的，在这种对应的过程中会产生某种均衡，就像寒热气流相遇那样，会形成雾霜雨雪之类的结果，或者说现象，会有四季的变化，也会使得原本单一的时间开始分叉，就像那些树木似的，会把分解于空气里的、泥土里的、水分里的诸多元素反复吸纳进来，然后再嘘入虚空之中，如此就构成了基本的循环过程。以前我给你讲春眠不觉晓处处闻啼鸟夜来风雨声花落知多少的时候，并没有提到那只不过是抒情而已，就算讲了你也不会懂的，就像我以前听到相声里说"不多也不少"的时候除了呵呵笑起来之外，是不会明白其中却又可以引发出另外的重要道理一样。明年春天的时候，我想我应该可以给你讲讲什么是"一元复始、万象更新"了。

2007 年 8 月 4 日

说　话

　　很是昏黄的月亮，只有下半部分，悬在半空中，就在不远处的建筑物之间，出租车驶上高架桥的时候，刚好看到了它，很寂静沉闷的样子，浮在那里。因为比较近，又不是很亮，看上去就明显有些粗糙的感觉。有点搞不懂的是，这样的只有下面一半的月亮，应该叫什么弦月。坐在车子里，想想这两个多星期都没有一天是休息日，整天就在那么点地方里转啊转的，跟扇门似的，开了关，关了开，也就这么过去了，还真有点恍惚，好多天下来就跟过了很漫长的一天似的。这样熬过来，终于在身体上有了后果，感冒了，嗓子肿起来，鼻子也塞住了，开始咳嗽，不能抽烟了，也不想抽了。等到忽然想抽的时候，说明身体又恢复了正常，也就是刚才了。天天忙碌的时候，时不时的就会有种与世隔绝的感觉，只知道闷头做事，再不管其他。稍一空下来，就像前天深夜，透过车窗看着那半轮样子有点古怪的月亮，忽然就想，这个所谓的世界既可以理解为一个完整的世界，也可以理解为分裂的无数个世界。说完整，是时空意义上的，说分裂，是语言意义上的。而这里说的语言，又并不是日常意义上的那种，而是你说了这些，别人就能懂得另外的一些意义上的，是跟语言有关而又分明在语言之外的——意会。所以拥有相通的可以产生意会效果的语言的，才可以称为同在一个世界里。在这样的一个世界里，时空的影响也就没那么重要了。反之，不在这样的同一个世界里，语言的影响也就没那么重要了，甚至是可有可无的，谁说什么，谁听什么，其实是各不相干的事。

天空之上

　　一种固定不变的生活总是近乎洞穴里的日子，空间的狭窄是不必多说的，而各个棱角在时间的单调流动过程中被打磨得踪迹全无也是势所必然，然而真正令人感到不安与沉重的，是那种缓慢而又确定无疑的沉陷状态。在这不可逆转的坠落的途中，那虚幻的想象空间仿佛白色或者别的色调的降落伞似的一次又一次张开在你的头顶，你仰起头，透过那些维系着你的身体与初生蘑菇般的伞朵拱顶的坚固丝绳构建的空隙，看见光线在不断向上升腾扩散，与下面迅速张开着的黑暗深渊构成了恰到好处的对称。这些想法或者说这个念头其实是源自一个不大完整的梦境，那种因为睡姿的问题而产生的瞬间失重同时也是失去支撑点的坠落之梦，那个瞬间里最简单的木板床和柔软的棉布单也会变成万丈深渊的起点，一次意料之外的脱落，从微不足道的斑点变成轻轻翘起的墙皮，然后再变成不规则的干脆的灰片，被地心引力挣断了联系，滑到了空气深处的阴影里……这种梦境是会反复的，似乎从你对它产生记忆的那一刻起就已经注定了，实际上，与其说它是一个场景，不如说是一种刹那的感应，它过于短促了，因而所有对它的描述企图都是对它的重构，你会毫不犹豫地用其他的梦境来填补它的位置，你叙述，浮想着那个场景坍缩成一块最微小的陨石坠落下去，同时说出更接近现实的情节，当爸爸问你怎么了的时候，你会说，嗯，我梦见有天我们走在一条不断下降的马路上，很寂静的早晨，不远处，一幢白色的房子慢慢地浮上来，窗户是黑暗的，你对我说，我们只不过是去找一个人，并没有别的事要做。是什么声音让我忽然醒了过来，爸爸坐在旁边，轻轻地揉着自己风湿了的右膝盖，看着黑白电视里闪动的画面，可能是刚有一架飞机经过这里吧。

　　高度的上升使微薄的耳膜在压力的急剧变化中变形内陷，并产生了撕裂般的疼痛，周围的声音转眼都退到了远处，变得模糊不清了，那来自顶棚灯的亮光的每一丝缕都显得清楚而又有些尖锐，仿佛细小的金属粉粒似的纷纷扬扬地敲打着耳鼓。你注视着外面的黑夜，感觉到机身前半部分向上仰起，随后又开始向左下方倾斜、转弯，机翼上的红灯有节奏地慢慢闪烁着，调整好姿态，向北，然后再向西，朝着慕尼黑飞去。高度一万七千米。窗外温度零下五十摄氏度。

数字也在波动。声音重新清晰起来之前，注视着空姐们演示救生技术，你的错觉告诉你体内可能有什么东西脱落了，或者说可能是褪去了一层已然死掉了的外皮，在天空之上将自身裸露在这坚硬而有限的人造空间里，而机身则成了你的全新外壳。你觉得自己有点像个婴儿。旁边座位上的英国老太太在做填字游戏，没多久就打起了瞌睡。而你则不知道为什么又想起了那个梦，爸爸领着你，或者说你们肩并肩地走向那幢沉寂的紧闭门窗的房子，你边走边逐渐感到了莫名的恐惧，而爸爸却安慰你说只不过是去见一个女人。几年前，你想到这个梦境的时候，觉得那种感觉来自于潜意识里的某种判断，她可能是位死者。或者说她意味着死亡。而此刻，你意识到，自己之所以会感到恐惧或者说不安，只不过是因为她根本就不曾存在过，她只是意味着空无。所以他并没有像领着你去游泳或是去山里打鸟那样一直领着你向前走过去，而是一个人走向那里，那里也并不是什么白色的房子，而是一幢与自家楼房没什么差别的建筑，经过那些时灭时亮的感应灯的暗黄光圈，靠近某个略微温暖些的脸庞，因为他想要的并不是一个梦，只不过是那种温暖，像孩子本能地把脸庞贴近母亲的乳房所期望的那样。于是你想，他可能终其一生都没能走出过童年的阴影。漫长的童年。无论是跟着陌生人去野外游泳，还是找到老师傅习练武术，或者是沉湎于充满了传奇故事的书里，还有翻烂的象棋棋谱里，独自在空空荡荡的车间里制造古代才会有的兵器，爱上别的女人，没完没了地去跳舞……所有的这一切，都不能助他一臂之力。他喜欢酒，可是从不酗酒，不抽烟，心地善良，他不擅言辞，感情脆弱，等等等等，想到这些的时候，你觉得他此时就睡在你的身旁，蜷曲着身子，皱着眉头。而你所能做的就是让他好好地睡，不受任何打扰。像他那样，你看书，把手放在他的膝盖上，能感觉到它确实有些变形，边缘有些粗糙的起伏，你想着自己手心的热量缓慢地传到它那里，使流过那里的血液变得温暖起来，而手中之书的那些干净的文字则继续静静地流过你的眼睛里：地球诞生不到七亿年，气候温暖起来……大陆中心从海洋中显露了，上面覆盖着含有大量氮、少量蒸汽、二氧化碳与甲烷的大气层。由火山喷发、巨大陨星撞击而形成的羽毛状浓密烟尘向空中升腾。实际上这种撞击在地球形成初期是非常剧烈的，它没有突然停止，而是延续了几十亿年才减弱。即使今天，我们仍然可以看到流星与偶然坠地的陨石。

除了那微红的闪烁着的灯光，附近并没有其他的光亮，偶尔有些遥远的星辰浮现也不过是给寂静的仿佛凝固了的夜空多带来几丝光线，下面是海，比天空的颜色略微淡薄些的海面看上去有些黏稠和沉寂，没有任何的波动，也看不到边际，伴随着耳朵里夹杂着异国语言的重金属摇滚乐的震动，过了很长时间它才会显露出几艘船只移动时发出的点点微弱而清冷的光斑，就像夜色里的广场上孩子们脚底的小灯那样时隐时现，而那几个穿着漂亮的溜冰鞋包裹在整套护具里的大一些的孩子们无声无息地滑动在水泥地面上的时候，时间忽然的不复存在了，爸爸发出了轻微的鼾声……你下意识地看了看身边的人，发现那人并不是他，而是脸庞清瘦的戴着花镜的英国老太太。她脸上的皱纹如此的清晰多变。在睡眠到来之前，她曾经告诉过你，她要经过两次转机，才能回到伦敦乡下的住处，回到生病的丈夫身边，孩子们都在国外呢，都离得很远。睡意像黎明前的雾似的湿漉漉地浮了上来，你找到一个相对舒服些的姿势，在闭上眼睛之前又看了看高度与温度的数字，同时也看到了显示屏上飞机尾部划出的弯弯曲曲的路线，一些城市的黑色字体的名字忽然密集起来，然后又恢复了温暖的景物画面。你把头搁在座椅与舱壁的空隙里，耳朵里的音乐此时已换成了柔缓而虚幻的旋律，想着那天你领着爸爸从汽车肇事的现场去医院的情景，虽然他因为受到惊吓而面无表情，但毕竟是活着的，他开了别人的车，撞坏了，除了他自己，没有人受伤，伤并不重，只是额头撞破了，你看着护士为他包扎好伤口，打了针，然后去做 CT。在回来的路上，你们沉默了很长时间。后来你问他，你是想去哪呢？他有些无力也有些冷漠地答道，哪也没想去。那一年，他自作主张地辞掉了工厂里的稳定工作，想重新开始自己的事业和生活，然而很快就失业了，只能去看管一座座因为资金问题始终都没有建好的楼房，他像幽灵似的出没在那些没有窗户的房间里，想找到他都不容易。

右侧舷窗外的微薄晨光逐渐透射进来的时候，左侧的舷窗外面不远处仍旧是黑夜漫漫，机翼上的夜航灯不知道什么时候熄灭了，屏幕上显示飞机正在越过敖德萨上空，很快的，那微微向上翘起的银色机翼尖端上面开始浮现微红的色调，然后又慢慢地变成了火红，当这一小团火焰终于把那个尖端烧成金子的时候，你看到了下面仍然沉寂的云海。透过云层间不规则的时大时小的空隙，地面上仍旧有些黑暗的城市里散落的灯光也闪现了，它们越来越淡了，那些建筑物逐渐清晰起来，显露在早晨里。恢复了正常的坐姿以后，你重新翻开那本被压得有些卷曲的书，那个法国人在书里继续不动声色地写道：后来，地球开始冷却：硅酸盐在岩浆中升到表面并开始固体化……大气充分冷却了，水汽凝结成小水滴。随后开始下起了暴雨……这场暴雨不停地延续了一千万年。最后的这个句子让你忽然间有些感动，不知道是因为这与现在全不相干的过去时间的无比漫长，还是因为现实中个体生命的不可回避的短促，然而这种感动本身其实也是稍纵即逝的，转眼间它就不复存在了。异常耀眼的阳光从另一侧的舷窗透射过来，几乎让你无法看清楚周围，随后，服务员把早餐放在你的面前，问你要喝些什么，你想了想，有些笨拙地用英语告诉她，水。她微笑，在阳光里成了深暗的影子。你侧过头去，重新注视着外面的云海，它们也正在被金灿灿的光线所照亮着，仿佛松软的棉花似的层层叠叠不均匀地起伏不已然而又是寂静的，看上去就像冰川纪的大地。你喝了一小口加了糖的红茶，那种微甜略涩的味道在舌头上蔓延开的时候，临行前的晚上儿子捧着那本关于恐龙灭绝的画册对你说的他想象出来的故事忽然间又浮现了：爸爸，这是太阳，这些是九个行星，最远的这个，是冥王星，就是很冷的意思，这个是海王星，就是从海里生出来的意思，这个是地球，很久很久以前，冥王星碰上了地球，把恐龙都带走了，然后地球上就下了大暴雨，下了一千年……你说，儿子，是一千万年。他说，不是，爸爸，是一千年。

2005 年 9 月 18 日

中　年

　　每次回来，都会习惯性地随便四处走走。尤其是去看看过去熟悉的一些地方，它们就像海里的礁石，总是会裸露出那么一点，散发着湿漉漉的幽暗光泽，提示着过去的某些时段和瞬间，而海水动荡不已，就像时间一样，不断地淹没它们，打磨它们，又把它们流露出来那么一点点，像一些抽象的符号，或者是缩写的字母，只有你能读得懂后面的意思。

　　空气弥漫着浓重的煤烟味儿，即便是在晴天也是如此。在外面走几步，鞋子上就会布满灰尘，天气仍旧很冷，灰尘干燥，没有风也不安稳，会随着脚步荡起来，似乎走在哪里都有厚厚的一层灰土围绕着你的脚面。朋友们，少数的几个，找时间出来坐坐，吃顿饭，喝点酒，抽烟，见面的时候都很少了，可是话也并不会增多。忍不住要谈到年纪，都是快要到四十岁的人了，是不是这就算是中年了呢？还用说嘛。看来中年似乎就是个话越来越少的年龄段吧。只有青年跟老年才是话多的时段。在这个时段里，每个人都纠缠得很深，被各自的生活与事业，似乎都没有多余的精力可以拿来胡乱思想了，谈的都是具体的事，感受也很具体，只是没有多少细节了。就像一些潜泳的人，尽可能地屏住呼吸，努力地划动手臂，伸展身体，让自己在深深的水流中保持顺畅的姿势，尽可能地迅速向前，以期达到某个可以露出水面痛快呼吸的地方和时间。还能说什么呢，相互鼓励一番吧，现在能做的已不是再去选择什么了，而是如何坚持下去，在自己的方向上走得远一些，再远一些，就像爱东在谈到绘画时所说的，不是方向的问题，而是能不能走得远的问题。

在物理的空间里走得远或者很远，并不是件很难的事，但在自己的方向上要走得很远，却并不容易。这就是为什么朋友们分飞各地，远隔千里，可是聚在一起时感觉彼此面对的问题仍旧是相似的。在中年时段想到死亡的问题并不是物理意义上的，而是心理上的。身体意义上的衰老是有了一点点征兆，但这并不是最重要的，这并不是死亡的反光，真正重要的是内心深处的那团火焰，它的光与热是在减弱还是在增强？年轻的时候所做的一切似乎只是采集大量的柴木放火烧它个轰轰烈烈，而其实真正的目的是要烧出炭来，留在中年甚至老年的时候，再慢慢地用来稳定地燃烧，没有多少火焰，但是可以持久地保持着热度，那种深红稳定的炭火就是目的。

昨天下午，几个人坐在浑河北岸的饭店里，隔着一根方形柱子，边喝酒，边不时看着外面的光景。爱东觉得李大方（当代辽宁籍油画家）画的就是这样的风景，只有北方的画家才能懂的景物和气氛。越过堤坝，可以看到河面结着厚厚的冰，粗糙的冰面在日光下面反映着灰黑的光泽，而对岸的那些不高的陈旧建筑物则留在了阴影里，或者说就是阴影本身，再往远一些，可以看见发电厂的标志性高大烟囱耸入白亮的天空里，吐露着浓郁得如同近乎凝固的乳白液体的烟雾，那么高远而又淡漠平静地缓慢流动着，就像是整个已经凝固的世界上唯一还在流动的事物。一个小时，或者再多一些，沉默就会淹没我们。都没什么要说的了。似乎还有不少话，搁在心里头，但是说不出来，或者说觉得说出来也不是时候，还是不说的好，可以留在以后再说……以后会说出来么？谁也不知道。在这个没有什么明显变化的城市里，坐在破旧的夏利出租车里，忽然听到《射雕英雄传》的主题歌的时候，会觉得似乎又回到了过去的某个时段里，过去的时间已经很多了，多得让人心里有些不安，想想这次回来很多地方都没去看看的时候，就觉得整个城市在记忆里忽然就封闭了，变成了一个没有任何缝隙的固体，黑色金属的，结了厚厚的灰冰层的，再也找不到进入的缺口了。或许它会以另外的一种方式跟随着你的脚步吧，在你觉得冷清的时候，最为寂静的时候，慢慢地浮现在附近不远处。

在自己家里睡觉，会睡得过于深沉，深到了有可能醒不来的地步，似乎周围有很浓重的黏稠物质包裹着你，直到临近窒息的时候才会忽然惊醒过来，那些梦，昨晚的梦，可以记下来，不知道它们意味着什么……跟妈妈在街上走，就在和平街上，走到七百附近的时候，下意识地回头望了望，忽然看到街的尽头，也就是华山方向或者就是煤泥河那边的上空，一团火球带着长长的烟尾慢慢坠落，随后溅起许多小一些的烟火的小球，可是听不到任何爆炸的声响，但是没过几分钟，就在人们还犹疑的时候，巨大的烟浪带着火光迅速地朝我们这里奔涌而来，就像美国那些灾难片里的场景一样惊人，我拉着妈妈转身就跑，而那后面的烟火巨浪距离我们似乎不到二十米，我们拼命地奔跑着，就在我们以为跑不掉的时候，那巨大的裹挟着尘土杂物的烟火浪潮忽然慢了下来，这时妈妈忽然摔倒了，我把她拉起来，继续向前跑，直到感觉身后慢慢地恢复寂静，才停下来……回头看了看，惊魂未定地意识到，大半个城市都被毁掉了，唯一庆幸的是，亲人们都还活着，虽然不知道他们在哪里，可是知道他们还活着。随后的梦里，我跟妈妈似乎到了上海，在夜晚，去看一场年终演出，在室外的广场上，没有注意到演出的内容，似乎声音很轻，前面黑压压地坐满了人，挨着我坐的是个好朋友，她笑着低声说着什么事，还拿着手机不停地发着短信，后来她到前面去有什么事，就把手机放在我这里……演出结束的时候，我们一起来到外面安静的甚至有些潮湿的街道上，周围没什么行人，只有我们几个，慢慢走着，偶尔低声说几句话……然后那个朋友消失了，两个手机却还在我的衣兜里揣着，不知道怎么找到她还给她。就这样，醒了。已经是上午十点多了。外面阳光灿烂，在布满脏污水痕的阳台玻璃上镀了层淡金色明晃晃的薄膜，而外面不远处的那些楼房都成了暗影，上面是一小抹浅蓝的天空。

2008 年 2 月 6 日

散　步

　　仿佛直到临近午夜的时候，那些隐蔽在黑暗中的花木才慢悠悠地把各自的气息完全吐露出来，不分彼此地缠绕在一起，如同看不到的雾气，层层叠叠地弥漫着。很大的园子，弯曲的柏油窄路把它分割成很多小块，每个路口都会有个昏黄的路灯从树影里探出头来，像个被放大融化着的柠檬，散发着恍惚的光线……浓郁的芳香里含蓄着青涩的味道，青涩里又裹着另外一些类型的淡淡香气，而天空也是分了层的，从幽深的黑，到暗暗的灰，再到半空中的浅薄的灰色，跟这里的气息刚好构成了奇怪的对应。黑色轿车把那几个人送到了一条路的尽头，无声无息地停了下来，仍旧开着大灯，过于雪亮的光从前面的白色墙壁上反射回来，把他们变成变形的影子，就好像是刚刚从地层深处被抛出的几个外星人似的。他们没有随后关上车门，只是站在那里，听一个人大声说着什么。在离那里有一百多步的地方，另一个人很慢地走着，在路的中央，做出正在散步的样子，但他其实知道自己比通常的散步要慢得多，因为他并不想走过去，也不能返回到最初的地方，就只好在这条有限的路上走来走去。他平时没有散步的习惯。在外面的时候他总是走得很快，任何时候在任何地方看到他都是一副正在急匆匆离开的样子。他在等他们从坐的那辆黑色轿车里出来。这一整天好像始终都在等待的状态里。之前向司机借的那几根烟已经抽完了。到处都有蚊子，很小但很凶的蚊子，贴着皮肤，紧跟他的脚步。他不再像之前那样不时抖动着双腿乃至整个身体以求驱赶它们的袭击了，根本没有用处，就那样吧，随它们贴上来狠狠地咬你就是了。他们还没有出来。他也不知道还要等多久。呼吸着香涩浓郁的空气，低头让手机屏幕的光照亮自己的脸庞，好像只有在此刻，这个世界上才没有任何新闻发生，也没有人会写什么信件，很多聚会都散了，只有昆虫们在放声歌唱……他想那就背向他们，慢慢地走出去吧，反正他们也会出来的。他开始散步了。

Ⅲ

这人那人

早　晨

　　说着话，天就亮了。偶尔瞄一眼窗帘缝隙里的光，觉得天亮真就是件微妙而又简单的事，在你意识到并且体验到的时候，就是这样的。离开的路是化繁为简的表象，回归的路是化繁为简的事实，复杂的事情，其实都是简单的人有意无意间造就的。一旦看得明白了，再繁杂的状态，也都简单明了了。但有时候要想看得明白一些事，又确实要退到远处，仿佛了无牵挂的状态下，才能做得到。人的悟性，并不会在任何时候都会自然启动。而问题常常就出在它的那些闭合的时候。中午出来时，外面还在点点滴滴地下着雨，阴天显得很高，车子经过杨高路时，发现右侧的一些树冠泛出的一阵阵新绿，绿得有些明黄的意思，在看到的那一瞬间里，很是动人，有种绿意刚刚涌现的感觉。还有一大簇一大簇的夹竹桃，开满了白的或者粉红的花，在风中摇晃着，开得真的很密集。一点都不觉得困。

凌晨三点多的时候，忍不住穿上了棉衣。展厅里的冷空调这时已经停了，还是觉得冷清。之前，一点多去泓叶跟王院、苏毅吃夜宵的时候，就感觉到外面冷得透心，木头桌椅上都结了雾气，似乎外面所有东西的颜色都变深了一些，这时候再喝冰啤酒，基本上就把自己弄成了冰面上的气球了，冰冷并且胀满着。偶尔回到办公室里，坐上那么一会儿，遇到似曾相识的陌生人，就聊起来。要是说"似曾相识"的话，是不是多少都有一些矫情？随意搜到的一些相关的东西，都透露着某种犀利夹杂着沉默而慵懒的光泽，还有那样的一种不可捉摸的眼神。"……我会洗干净头发，爬上桅杆……"那从幽暗的深处反复发出的歌声像似来自八音盒里，带着烟味，似乎还有只低垂的灯泡烘烤着近处的侧歪着的脸庞。手头没有烟了。人们像蚂蚁似的转来转去。四台新购入的投影机的调试意外地陷入了困境。它们悬在八米高的地方，升降机不断地升起降落，靠近它们，又离开了它们，毫无办法。而往悬挂在墙壁前面的玻璃屏幕上粘贴宣纸的工作还是缓慢继续着。早晨就是在这样的情况下来了。其实只是在沙发上躺一会儿，再睁开眼睛，外面已完全亮了，远处的深灰色云线已被那不断流溢的曙光烫了金。

金姐回忆录

你越过它们走出来，继续存在，

作为真正的现实，

你在物质的假象后面耐心等着，

不论多久，

也许有一天你会把一切掌握，

也许你会把整个的表面现象消除。

瓦尔特·惠特曼

快乐的影子与病

我小的时候，几乎所有见到我的人都夸我，说我将来会是个好学生。有一位老师，三十七八岁，人很漂亮，一天，他在课堂上夸我是个好学生，那时候，我非常快乐。

那些年，我的父母经常吵架，如果哪一天他们和好了，我就会很快乐……有一天，我走过厨房时，看见爸爸伸手拍了一下妈妈的屁股，我就高兴了，我知道，他们和好了。

那时候，捞鱼是很有意思的。拿个小铝盆，小罐头瓶，就可以去河边捞鱼了。水深的地方，草深的地方，鱼最多。不能用手去掏，因为容易碰到蛇。要把盆倾斜着堵在水潭的出处，然后用手很快地在水草上一掀或者扔下个小石头，这时，鱼飞快地逃出来，刚好进入盆里。有一次没想到捞了一条蛇。我看到蛇蜷曲在盆里，就尖叫着把盆丢在地上，边跑边喊妈妈。

最有趣的事还有一件，是等家院子外边西红柿红。西红柿未红将红的那些日子里，我几乎每天都去蹲在一边盯着看一会儿，一门心思地想着什么时候会红？

乡下孩子没有布娃娃。我用手绢做成娃娃样子，然后包上块布，自己抱着玩儿，可以玩好多天。

下放的几户人家都住在一条街上。东边是黄土道，再往东去，就是那条河。我们家是土房，土墙，前院是块空地，种着一些蔬菜，后院也是块小空地，右侧是仓房。后院有两棵樱桃树，夏天还有一些向日葵。冬天下过雪，我就在树上挂上个空鸟笼子，用来捉鸟。笼子顶部有个滚门儿，上面放着诱饵，鸟来吃食就会落入笼中，这是我的二哥做的。捉来鸟，就用火烤着吃，肉很香。

夏天，我们常跑到河边去玩儿。那时的鸭子是放养的，有时候就把蛋下在外边的什么地方。在草丛里拾到鸭蛋，是件快乐的事。更何况是一次就拾到七八个鸭蛋。那实在是令我欣喜若狂。我把背心抻起来，兜着鸭蛋，风一般地往家里跑。妈妈会把蛋收藏起来，等我馋的时候再拿出来一个，打在小饭勺里，略放些酱，借着灶里的余火，一会儿就熟了，味道很鲜美。有时，若是自家没有火了，妈妈会到邻居家借余火。

我们家的前院是用栅子围着的。靠着栅栏种着黄瓜。通向外面大门的过道上面，有个小棚子，棚顶经常晾着采来的蘑菇。屋子只有一间，是带有小厨房的那一种。屋子里是南北火炕，我跟着妈妈爸爸还有二哥，住在南炕。

大哥有一位同学，不知从哪儿来。他有一只照相机，要给我照相。那天，我围着浅颜色的围巾，羞涩地站在雪地里，看着那照相机，想着自己留下了几个美丽的影子。小时候，很多人都说我好看，所以，我也认为我是好看的。那照片并没有洗出来。

邻居家有个呆汉，二十多岁，人虽很傻，但知道人的美丑。他觉得我是好看的小姑娘。有一天我们在外面玩，他竟突然跑出来，一把将我抱起，拼命跑向家里，说是要我做他的媳妇。在惊慌失措的那一刹那间，我又是非常害羞的。

我不是那种很会玩的女孩，跳绳，跳皮筋，踢毽子，我都玩不好。最开心好玩儿的游戏，是捉迷藏，很多孩子，在天色暗下来的时候还在街上跑着，大声地叫着，可以什么都忘了。

山的另一边有个水库。在六七岁的我的眼里，这已经是很大很大的一片水了。几个哥哥领着走上二三里山路，才能到那里。坐在高高的大坝上，低头看着下面幽深的水，我感到一种不可言说的恐惧。这一瞬间的印象，常常是我噩梦的内容。他们在远处，边大声叫我们不许看，边脱掉衣裳，纷纷扎入水中，溅起一朵朵又白又大的水花。他们像鱼一样消失了。又像鱼一样出现了。水顺着黝黑的肌肤流动着。他们说，水的中央有一朵花，非常漂亮。水的中央离岸边太远了，我在这里是看不到的，只能想象那花的样子如何的美丽。正是对这奇异的花的想象，使这幽深的水的噩梦所给我的惶恐不安有些模糊减弱。有时我忽然想到，这花难道与神仙有关么？在重重的山里走着，闻着松林里奇异的浓郁的气息，我总觉得这山里林间存在着别样的东西，是我们所看不到的有魂灵的东西，它们会在你不注意的时候突然出现并占有你的灵魂。

秋天。爸爸上山砍过冬用的柴木。山很高，很深。五哥领着我，到山里给爸爸送饭。我们在半山腰等爸爸下来。我把一块花布铺在地上，摆吃的东西，因为不小心，我在试着抻平花布的时候弄倒了暖水瓶，瓶胆碎了。我不知道怎么办，只会放声地哭，尽管爸爸和五哥都没说什么，我还是忍不住哭泣。在乡下，一只暖瓶是件很贵重的东西，像我们这样的人家是很难买得起的。

下过雪，我们就去滑雪橇。

哥哥们渐渐都长大以后，才开始知道关心我这个妹妹。大哥有时会带回来一块同学给的糖。山里的果子成熟的时候，他们会去给我采各样的果子。那样的时候真的是很开心。

在乡下的时间，很少有属于学校的，我们好像成天都去拾麦穗，自称是"农村小社员"。

我对学习有种强烈的渴望，不上学是痛苦的，然而，我身体不好，经常生病，不得不一再地休学。

七岁那年，我的食量很大，却不见人胖一些。妈妈搂着我睡觉时，发现我的肚子有些肿大，觉得不太好，就带我进城里，想让做医生的姑姑看看。城里的亲戚们对这事很不以为然，认为妈妈这样做是没事找事，不相信我会有什么病。但妈妈还是坚持把我带到了医院。检查的结果证明，我的肚子里确确实实长了一个瘤。大夫说，要做手术。因为恐惧，我不想去。无论大家怎么说，我都不去。

那时，叔叔的小女儿薇也在旁边，我说：如果她去，我就去。她去了，然后又走了。我却留在了医院里。

手术开始的时候，爸爸自己回了乡下。当时妈妈很伤心，认为爸爸没有感情。大家都这么认为。而我却是长大后才明白他是怎样的心态，实际上，他心里很难过，他只是不想看到女儿受苦的样子。

上手术台时，脚上还扎着点滴，我放声大哭，拼命地叫……我看着两扇门敞开了，周围一片陌生的白色。因为挣扎，脚上的针弯了。护士把我摁在一个台子上，然后用一个罩子将我的脸罩住，一股药味儿进入我的心里，世界就消失了。

手术很顺利。二姑因为高兴，拖鞋都穿反了，在电梯里抱着我。三姑在我的印象里感情是最深的。或许，是她温和待人的缘故。我只让她陪着我，如果她走，我就大声地哭叫。那时，她还没嫁人。

手术过后，什么都不能吃，而且经常会尿床，衣服没得换了，妈妈就把自己的衬衣垫在我身子底下。在医院里，吃着橘子罐头，不说话，我心里想，如果能把橘子吃够就好了。

第二次病，是十岁的时候。腿疼。彻夜难眠的腿疼。妈妈找了一些农村大夫，都没有办法终止我的疼痛。后来，只好进城，准备住院。有意思的是，没等住进医院，腿竟神奇的不疼了。亲戚们取笑我，说我是天生的城里人命，一进了城，什么病都没了。

贫困与痛苦的印象

我们家下放农村，是爸爸主动做的决定。当时我们和爷爷住在一起，人口多，那点口粮根本不够一大家子人吃饱肚子。农村有土地，怎样也不致于饿死。确实没有饿死，但也没有想象中的足食。生产队的人看不起城里人，尤其是对有工资的爸爸十分不满，认为我们家的生活会比他们好，所以发公粮时就有意苛扣，甚至根本不发给我们。邻居家的男人还经常向爸爸挑衅，想惹起争斗，这样至少可以得到点赔偿的钱。他们家里有十一个孩子，日子并不比我们家好过。有时候，我在外面采甜秆儿（甜秆儿，是玉米或者高粱的茎，其中汁液味甜）吃，他们家的孩子就冲过来抢，常常吓得我丢掉甜秆儿就跑。

因为穷，爸爸买不起酒，只好把酒精兑水当作酒。这样的酒入了肚中，他就会变了一个人，在屋子里大喊大叫，"打倒某某某"，都是反动口号。不过，除了自家人，没人会听到。

除了我，我们家还有五个孩子，每个比下一个大两岁。大的十岁，最小的是我，初到农村时只有十个月。没有粮，一家人经常躺在炕上忍受饥饿。爸爸和妈妈也因此而经常吵架，甚至动手。有一次，爸爸愤怒地把一只白钢的洗衣盆砸到妈妈的脚上。妈妈拖着伤脚，在一边哭，我依偎着她跟着哭。晚上，她一瘸一拐地领着我去生产队里看电影，只是为了躲开爸爸。那时，我经常做噩梦，梦到妈妈死了，我很怕妈妈会死，时不时的就呜咽哭起来。爸爸酒后的反动口号也险些招来危险，人们传言人保组要抓走爸爸，这也是当时吓得我经常哭的原因。饥饿，争吵，恐惧，不住的哭泣。这样持续了好多年。

时间一点点的过去了。孩子们都成长了起来。大哥是个懂事的孩子，受了不少苦。几个弟弟不懂事，互相不服气，时常打架，他劝解再三都没有用，也就打在了一起。

爸爸先是喝斥，见没有效果，就也动起手来，这样，父子几个打作了一团，直到都累倒了才罢休。

最后，几个哥哥跪成一排，低着头听爸爸的训斥。这样的战争是经常的，我没有别的办法，只能在一旁不停地哭，用尽全力去哭。战争的原因从来都是小事，很小的事，比如，听收音机。

这里，最痛苦的是妈妈，她不是善于说话的人。操持这样一个家庭，她深感艰难。有时候，心里实在化解不开了，一个人跑到山里的坟地去哭。

她想过死。大哥常提醒我，看着妈妈，不要让她寻死。妈妈没有死，不是因为死不了，是为了我，一个幼年的女儿。

后来，哥哥们长大了。终于可以下地干活，为家里挣点口粮了。打架也就没有过去那么频繁了。村里人再也不敢冒犯我们了。家里的生活也日渐好转。

大哥是很好学的，每天干完活儿回来，还要练字，每天都写到很晚。二哥则是个好斗的人，人称"二皮子"，他和三哥从来是不和的，经常有争执。

后来有一天，大哥到山上砍柴时，路过一片坟地，回来就得了怪病，口吐白沫，不省人事。找来当地的土大夫，在他的脚趾和手指尖上用针放血，也没见好转。我觉得是累的。这病时好时坏，直到送到城里的医院才治愈。

我十一岁的时候，上面开始落实政策，下放户可以回城了。我们家并不是一步就回到城里的。在城边，我们又住了两年。那是个叫作六二八的兵工厂。我们住在空空荡荡的旧楼里。这里只两三户人家。从家到学校，有八里多的路，要走一个多小时。路都是靠着山的，很僻静，我常常一个人走。

有段时间，好像一个梦，留在心里，一直不能忘掉。我在婶婶家里，好像是在等着看病。她为我做了件花裙子，还把我的头发烫得卷曲起来，这样做，只是为了让我更像个城里的女孩。可是等我出现在她们（表姐妹们）面前的时候，引来的却只有嘲弄，说我是卷毛狮子狗。对于嘲笑我，她们总是有种无法克制的热情，似乎总是能获得极大的快乐和满足。

　　在亲戚们的眼里，我们就是不折不扣的乡下人。正像当初那些乡下人看不上我们这家城里来的人一样，我们回到城里，又成了被人们看不起的乡下人。我的叔伯姐妹们已经习惯于把我当作嘲笑的对象。无论我怎么样，说什么或者什么都不说，做什么或者什么都不做，毫无疑问，都是可笑的、让人看不上眼的，因为我是从乡下回来的女孩。面对这种似乎永远不会停止的嘲弄，除了沉默，我别无选择。当然，她们也嘲弄我的沉默。

　　那时候，我们家住在一幢简陋的房子里，外面若是下大雨，屋里就会下小雨。那些年，我的生活是一片泥沼，构成这泥沼的只有一种无形的物质：自卑。

那时的我，就爱哭，不会说什么，也不会为自己争点什么，受到委屈时只能用哭来应对，别无它法。爱哭的女孩在这样一个环境里，是不受人疼爱的。人们本就是烦躁的、易怒的，对于哭和哭的人是无法给予同情的。

整个家族中，除了妈妈，还有一个最关心我的人，就是爷爷。对于一个三代同堂的家族里的长辈，他并没有多少特权，也没有多少东西可以给予儿女、孙女的，除了那份长辈人特有的关心与爱护。他希望自己家每个孩子都是开心的。仅此而已。

有时候，见到我，他总是不忘给我些零钱，几毛钱，几分钱，总是要给一些。我会拿了这钱去买灯笼果，那种小小的、绿莹莹的酸果子，哪怕只是小小的一玻璃盅，慢慢吃着，也是极开心的事。那时我是家里最好学的女孩子，而爷爷一直认为，家里要是能出个有点学问的人，真就是祖坟冒青烟了。当我默默自学，终于考上技工学校的那一年，爷爷死了，没有听到这个消息。不然的话，他该是最高兴的人。

有个表妹与我是同学，我们常在一起玩，放学一起回家。她人很漂亮，所以我们走在街上时很惹人注目，像一对亲姐妹一样。那时她和她的母亲住在我们家里，她爱干净，总是把自己的床整理得干干净净，自己不坐不躺，却躺在我的床上。

她喜欢把自己摆在高人一等的位置，说话做事都要占上风才满意，因为她漂亮，她的条件比我们都好。我并不忌妒她有什么。而且我也不是爱与人争吵的，可是有时忍不住就要和她吵几句，告诉她不要总以为别人是傻瓜，只有她自己是聪明人。有时我们走在街上就会吵起来，当然是以小女生的方式。如果有外来的干扰，我们却会马上团结起来一致对外。

在那个年代，祸害女孩子的恶人好象特别多，他们像狼似的，隐藏在暗处，等待猎物。那一天我们就遇到了。我是单纯的，从不想提防什么人什么事。而表妹在这方面就比我聪明许多。她敏感地发现那个人不是良善之辈，等那人刚要动手的时候，她拉着我拼命地跑了起来。待那人要追上的时候，我们两个突然分开，跑向不同的方向，躲入别人家的院子里。那人见没有机会，才快快离去。为了自尊的争吵，突如其来的骚扰和危险，在那个年龄已把我变得异常谨慎——为了保护自己。

三年的中学，我完全是个局外人。我们的班级是学校里有名的坏班，没有人学习，成天是无休止地喧闹。对于老师们来说，我这个只知学习的沉默女生完全是个意外的收获。她们对我很照顾。

那时，流行"马子"，就是活得很放肆、不检点的女生。经常有些坏小子或街上的混混儿在学校外面堵我。没有人接我放学。后来，派出所来人了解情况，找到我，我误以为是针对我的，吓得哭起来。那时候我什么都怕。尤其怕人误以为我是"马子"。

可是我与同龄的姑娘们几乎是相反的，不会毫无顾忌地笑闹，不会成群结伙地游逛。

二十岁后的那几年，我常常有一些噩梦。所幸，受到损害的只是心，还有因拒绝别人的伤害而紧紧抓住什么稳定物而磨破的手心。

对冷漠与残酷的认识

那一年我还很小，只有七八岁，还不懂什么是残酷无情。有一家邻居，男人是退伍的，人称"老红军"。他的女人本也是个挺不错的人，可惜精神失常了。经常能看见她赤身露体披散着头发屋里院里乱跑乱叫。她男人平时很少去照管她的生活，有没有吃的，有没有穿的，全不顾及，就像没她这人一样。她时常会因为吃不上饭而叫嚷，那声音非常可怕。

他们有个儿子，十七八岁的样子，有些呆，但人是善良的，有时见自己的娘饿得难过，就忍不住找吃的给她。结果被他父亲知道后总是一顿呵斥加拳脚。那时，在我的脑子里还没有狠毒的字眼，然而，当我看见那男人恶狠狠地用扎枪追着那女人乱刺的时候，我感到了一种无法言说的恐惧。我不知道他为什么会这样对这个女人，他的女人。这个印象深深地留在我的记忆里，难以磨灭。直到多年以后，我才开始意识到，那是生活的另一个面孔，冷漠与残酷。很奇怪的是，那时我常梦到那一家人，甚至会梦到天上的仙女降临到那里，带着无数奇妙的亮光和温暖、芳香的气息。

婚姻、孩子与成熟的来临

婚姻对于我，是生活中的第一个岸。当那一时刻来临之时，我并没有想太多问题。我无法去想太多的问题。结婚了，多年疲惫不堪的我，终于从一片浑浊、动荡、沉闷、不安的湖水中爬了上来，上了岸。

从情感上说，我是早熟的，因为我的与生俱来的敏感和压抑生活造成的内向性格。从一个女人的角度来看，我又是晚熟的。在我做了女人，做了妻子，成为一个孩子的母亲之后，等我看清这个世界的本来面目，并用冷静的眼神去看待一切之时，我感到自己实际上已经失去了很多重要的东西，包括时间和梦想的力量。

　　他的身体上有道刀疤。在这一点上，我们极其相似。我也有那样一道长长的刀疤。这似乎是冥冥之中注定的结果。还有一点相似之处，是本性的善良。如果没有这一点，我无法估算这段感情会持续多久。和这个身材粗壮的男人组成一个家庭，这就是全部的婚姻。像我这样的一个女人，在情感表达上是被动和内敛的，缺少与人沟通的能力，同时又是相当敏感的，对每个细节在意的。有一个真实的我，隐藏在我内心深处，如果没有人用心进入其中去耐心寻找，就不会找到那个真实的我。他在大体上知道我是什么样的女人，但并不了解内在的我，也没有想过这个问题。这是此后我们冲突的根源。他不知道冲突对于我这样的女人会有什么样的后果，比身体更易受伤的是心。我的心里已有许多大小不一的伤痕，他并不知道。

　　我不相信有上帝，但是我现在要说，感谢上帝赐予我一个好孩子。他在形象上与我是那样的不相似，而在性情品质上又与我是那样的相像。他在六七岁时就能画很美的画了。我的儿子，他的身体里不仅流动着我的血液，还有我的灵魂和梦想。他是我的爱与生命的归依。

现在，青春的那点亮色早已远远地留在我的身后了。在我的心里，似乎已拥有了某种力量保持内心的平衡，不至于在繁乱无序的生活压力下疯狂失控。有时，我并不确定地知道这力量来自何处，甚至怀疑这力量的可信与否。也许，我是那种只有在梦境里和快乐的时候才有真切的自信心的女人。

我是过来人了。尽管只有三十岁，我觉得我总算可以这样说了。对于周围的人，我比任何时候都更加了解。他们或者她们中的大多数，与你的想象力无关，与你的梦想和爱无关。诱惑是有的，但是没有那么复杂，仅仅是一些略加修饰的虚假面孔而已，略加分析就会闻到粗浅无聊的臭味儿。人生路途中总会隐藏着某种危险因素的，如果能够看到并看清，那么无论怎样都是可贵的。我并不高傲，从没有过自命清高的感觉，我只是知道自己需要的是什么，不是什么时髦的想法，不是给别人看的游戏，不是和自己开的玩笑，不是对谁的仇恨或盲从。或许我还没有找到什么，但我也没有失去自己。心在那里，没有死，还有一些生命力在跳动着，在最后的离开之前，一切都是过程。正是这样，我才可以轻松地面对这个世界。可以节省很多情感和语言。可以平淡地活下去。平和地深入地面对自己的内心，面对我的儿子，也许还有我的不可知的梦境。

有时候，当我在梦中回到从前，忽然醒来的那一刻，我会想，如果没有这样沉重的过去，也许我会是另外一个女人，和现在的我完全不同的女人。不会有很多内心的负担和牵挂，而是一个开朗乐观的、有信心去做自己想做的事的女人。

2015 年 10 月 10 日

我　们

　　我们的时间是有很多层的，薄薄的，很多层，复合在一起。感觉敏锐的时候，可以逐层分析，得出无数的结构可能，而感觉迟钝时，则只能混然视之，无法进入其中。有时又会觉得，哪怕是过了很长时间，感觉起来也只不过几秒钟而已，有时又会觉得，一天或者半天，一个傍晚，甚至几分钟，都是无数的时间，没有边际的，有着无限的能量，可以弥漫整个世界。比如说现在吧，我看着书，偶尔抬起头，看着外面，看着那窗户大小的一块黑夜，就觉得，从傍晚到现在，已经过去了很长的时间了，有多长呢？至少是一个秋天吧，也可能，是几个秋天了。那个瞬间里，我能看到你的影子，留在前面不远处的灯影里，看上去仿佛是过了很多年之后才留下的。这样想着，自己是这样的安静，泡了杯茶，慢慢地喝着。打下这些字，它们似乎马上都会飞了。飞到几百公里以外的幽暗的梧桐树冠里。有时候，在你的形象悠然浮现之际，会有种非常奇妙的感觉，就是觉得自己仿佛躺在清晨或者黄昏的海面上，看着天空，两种无限的世界将我合在中间，就像果肉包含了果核一样，而不远处，是正在浮现或者正消隐的光芒。

伞

即使是最简单的事，你似乎也会让自己不知不觉绕出大弯子。就像有那么一个路人，随意的一指，让你奔往某个莫名的方向。在电话里，他觉得如果你这样走的话，会走出一个很大的弧线，穿过三分之二的城市，从北向南，再向东，需要一个多小时左右才能到这里。你不知道自己为什么会去问那个过路人，结果就是你从火车站乘地铁来到了这个巨大而陈旧的公园附近。

随着密集的人群浮上地面，浮上半空，在那里你看不到什么公园。在悬浮的站台上，只能看到两侧林立的阴郁高楼，好像每片幕墙玻璃都是湿淋淋的、污浊的，而那个公园只不过是地图上标示出的一个名字和圆点，而不是树木稠密的地方。

在离那里很远处的另外一个点上，是个很小的广场，人影稀少，在它的深处，天桥后面的那株银杏树已经没有叶子了，整个树看上去很小……要是你现在随口说你看到了一棵树，在那里，就不会有人联想到它了。在细雨中他站在天桥上，看着那些湿漉漉的枝，觉得它们似乎随时都会忽然溶解在空气里，就像钟声一样，响过就没了。很多时候你都不相信，还有另外的世界能在断断续续的声音里生成，就像不相信文字，无论如何，越是表述得太过清晰的东西，就越是显得不够真实……反倒是那些粗糙的有明显缺陷的会更可靠些。

现在，他的脑子里有灰色的雾，有条不规则的寂静曲线，此外什么都没有，没有想象，也没有错觉。他看着自己，就像个影子，慢慢地穿过半个小广场，走过通往越层平台的那几十个台阶，再经过津湿的铁楼梯，穿过正装修的区域，回到了办公室里，在自己的角落里坐下。时间变化缓慢。外面的雨细密黏腻。

从出租车里出来，他穿过那个有很多石柱的广场，路边有园艺工人在冒雨修剪那些深绿的小树，不时的有断枝碎叶坠落到地面上。有些闲散的人，冒着雨，在广场上晃悠着，不知道在等着什么。在地铁出口处买了把伞，挑了很多种颜色，最后还是选择了黑的。他听到有人在身后叫他的名字，就转过身去。

这一天其实是从一个梦开始的。但不是他的梦。是别人的梦。正是这个貌似难解的梦，把原本封闭的记忆空间拥出了一个形状不规则的洞。那把黑伞是坏的。他从出租车里钻出来，只是简单地要撑开伞，伞把就脱离了伞体。这是个多少有些尴尬的场景。怎么会这样呢？没人能回答他这个问题。你也不能，因为很可能你会觉得其他的都不真实，只有这个，才是真实的，这把从一开始就坏了的伞。

又一次，缺乏耐心的出租车司机面对堵塞的大桥上的那些汽车表情冷漠，就好像眼前的不是什么同类事物，而是满目的废墟，在不动声色地吞噬着所有忙碌的人和车辆。话多的人，就像废墟里四处游窜的麻雀，适合作那些寂静之物的点缀。很多东西都不见了，但这又有什么呢？时间就是用来剥去那些多余之物的。天黑前，空空荡荡的地铁车厢里还没有多少人，从终点出发，一站又一站把人吸纳进来，然后再把他们投到更大的人潮里，任凭他们各奔东西，谁都看不到谁，人人都是封闭的，你转过身去，整个世界就闭合如故。他想让你带着那把伞，说不定下车时还会下雨。你没要。只是在后来发信告诉他，你欠我一把伞。

他乘地铁回到了那个有广场的站。仍旧是那个出口。那个瘦瘦的卖伞女人还在那里。雨已经住了。他拿着那把坏了的雨伞走了过去，递给了她。从旁边过来个男的，看着那把伞，为那个女人辩解：就是这样的，所有的伞，都是这样的，不信你可以试试看……肯定都是这样的。那个女人不声不响地收起了那把坏伞，头也不抬地指着那些伞，低声说：那你就再随便选一把好了……她的声音多少还是有些局促不安的。

2011 年 11 月 20 日

沙　滩

对于你来说，海始终是个遥远的地方。你可以用任何一种方式靠近，触碰，凝视它，然后再离开，回到远处，想象它，这一切在感觉里并没有什么本质的区别。不管怎么样，没有人能停留在海里，哪怕只是海的意象里，也不能。你会觉得自己其实从未抵达过它那里，就算是感觉自己已然沉浸其中的时候，它也只不过是现实中的一个幻象而已。海是真实的，但又是不具体的。对于你，它始终都是一个无法到达的地方，就像在时间尽头的另一侧。每一次你试图靠近它的过程，最终都会变成一个寂静而孤独的点，你在面对海的时候，发觉世界如此巨大，而你不过是个沙粒般的事实，不过是偶然落到了这个点上而已，那轻小的回声还在不远处，听起来是如此怪异。

需要停顿。这是由来已久的一个念头，所有的事物，都在某个时刻里迫切地需要停顿，或许只不过是秒钟而已，或许连一秒钟都不到，只是把秒针从这一秒向下一秒跳动的过程无限延长，用意念，而不是用手指头，就像一个泛音，能量永远不会耗尽的泛音，自然而然地停在了那里，沙滩，一秒钟的过程分解成了无数的沙粒构成的地方，它们可以无限地分解下去，其中的任何一个单独的个体都可以无限地膨胀起来恢复世界的样子，但这并不影响沙滩成为一个停顿。沙滩是我们与海之间的一个永远不会消除的停顿。时间不在这里，而是在别的什么地方流逝着……不，不是在别的地方，而是眼睛可以看得到的不远处，翻卷着微白的浪花，涌到近处，叹息一声就裂解成无数瞬间即灭的泡沫。而那些细小的泡沫消失的地方，看上去多么像废墟啊，那么是不是可以认为沙滩是对废墟的某种抽象的呈现呢？我们只有躺在抽象后的废墟上才能安静地享受耀眼的七月阳光，才能聆听不远处海水舔动沙滩边缘的细碎不断的声响，听见自己的心脏缓慢地跳动，就像听见某个沙粒从高处滚落到低处的过程中发出的那种类似于钟声的回响。

"接着，十秒钟之后，波浪涌起，随着一阵沙砾滚动的细声，又一次在海滩上挖出同样的凹陷。浪花拍击，乳白色的泡沫又一次攀上滩坡，重又赢得几十厘米的失地。在随之而来的寂静中，很远处的钟声回响在宁静的空中。"罗伯－格里耶这样写道，"敲钟了，最矮小的男孩说，就是走在正中间的那个。但是，海潮发出的沙砾滚动声盖住了过于细微的钟声。必须等到周而复始的潮水歇下后，才能重新听到一些由于距离的遥远而变了形的音响。这是第一遍钟声，长得最高的那个孩子说。浪花拍击，在他们的右边。"

如果把这个虚构的场景与发生在1989年夏天北戴河的某个真实场景重叠在一起，会是什么样的效果呢？或者再叠加上1992年5月的某个瞬间，还有2001年6月在渤海湾里，你们晚上站在输油码头上，看着被强光探照灯打出几个深洞的海面，而另一边的马路上尘土飞扬，几辆沉重的货车摇晃着远去的那个场景呢？你会发现，那些曾经真实发生过的场景印象在重叠后差不多完全模糊了，恰恰是这个被你有意置于底处的虚构场景反而显得更为真实。这个写于1956年的短篇小说里除了三个金黄色小孩肩并肩手拉手地走在沙滩上，破碎的海浪不时地在不远处闪耀着阳光，还有成群的海鸟在附近信步闲行，它们的行动方式几乎可以赋予整个空间以更清晰的几何结构。而最后，除了钟声，什么事情都没有发生，他们就是那么肩并肩手拉手地从沙滩上走过去，两个男孩，一个女孩，脸都晒得很黑，比头发的颜色还要深，长得很相似，她的头发稍微长一些，四肢看上去更纤美一些，"但衣着是完全一样的：短裤子，短袖衬衣，都是洗掉了色的蓝粗麻的。女孩在最右边，靠着大海。"

没有任何光亮，你醒了，似乎听见不远处海浪低微细碎的呼吸声……黏乎乎的身体开始恢复常姿，这才慢慢地感觉出身下的并不是散发着湿热气息的沙滩，也不是海滩上凉篷下面的躺椅，而是薄薄的被子，然后意识到你是在床上，而不是海边沙滩上……时间已是午夜了，一场大雨过后，风透过窗帘的缝隙，正凉丝丝地抚过裸露在外面的皮肤……这是在海滨某个小旅馆里？这是在自己的家里，在上海，在那套临时租下来的老式高层房子里，这时候外面的那些高层楼房的灯光应该非常稀少了。你的眼睛跟意识差不多是同时恢复正常的，在黑暗里，已经开始能隐约看出房间里那些物品的轮廓，如果换个视角，你就会看见自己一个人躺在这个棕榈树皮编织成的富有弹性的陈旧大床上，而周围那些在梦境中不断碎裂的东西则正在恢复原形。

2007 年 7 月 7 日

夏　天

有一年夏天，在抚顺的时候，单位组织去一个水库过周末。晚上吃过饭，大家差不多都在打麻将了，我呢，自己待在房间里看书。后来就坐到阳台上抽烟。香烟并不能驱蚊虫，所以坐在那里之后，整个身体还会下意识地不时摆动，以免蚊虫叮咬。阳台是在那幢二层小楼的背面。

楼的后面，是大片的玉米地，黑的。不远处是山，也是黑的。山不高，往上看，天也是黑黑的，有很多星星，就在山顶之上不高处低垂着，很多很多的星星，就那么纷纷垂着，好像在以极为缓慢的不易为人察觉的速度向下滑落……

后来，跟一个同事，摸黑下到水库里去游泳。水是温吞的。躺在水面上，看着那些星星，感觉特别的近，尤其是衬托着那黑黑的小山顶，感觉它们是从山里长出来然后浮上天空中去的。不知道过了多久，忽然的，就看到了几颗流星。是我那个同事先看到的，他喊了一声，远远的。我也看到了。那些流星，比我想象的滑落得要慢一些，就像手指头在水里滑过的那种感觉。

后来我们办公室的打字员金姐，她不知道什么时候也跑了出来，跟另一位同事，站在水边，冲我们说话：你们饿不饿啊？我扯着脖子说，饿啊。她就回去拎来几瓶啤酒，还有花生米和黄瓜，给我们搁在岸边上，然后就离开了。我隐约听见她低声笑着说，这两个人。

游完泳，我跟那个同事，坐在水边，不声不响地看着星空，喝着啤酒，吃着花生米，最后把那两根黄瓜也吃掉了。两个人也不怎么说话，就那么一直待到了午夜过后。这个同事比我大不少，当时四十几了。我们平时其实很少说话，来往也少，见面也只是点个头笑一下而已，但那天感觉我们忽然就变得挺熟的。

回住处的时候，他忽然想起来什么似的说，我下次钓鱼，你去吧？我说，好啊。

2009 年 6 月 12 日

感　应

就像祷词一样，写下它们。需要默默地诵读，在内心里，随意地将它们汇聚在一起，就像把水滴汇聚成流水，就像把心跳转化成为流动在血管里的那种温暖的液体，一瞬间里，就能理解那些真正拥有信仰的人——他们是如何对那冥冥之中的无上神秘的力量说出一切的，理解了他们的微妙纯净的眼光，内心的恒久热情，还有深广的宁静，以及坚定不移的行动，从不动摇的方向……就像理解自己的心脏跳动一样。所有这样的文字难道不是就像黑夜深处的那些星辰一样么？它们显现出来的时候，或多或少，并无区别，所以你不论写下多少，说出多少，都是那样地散落在无边的黑暗里，但是它们的光芒，那永远不会耀眼的光芒能够使你感觉到呼应的存在，而呼应，就是一切的关系发生与存在的前提。日常的言辞无关紧要，可多可少，甚至可以没有，可以无限多，它们不是声音本身，真正的声音会以沉默的面目发出来，不受时空的影响，它最先需要的甚至都不是倾听，而是感应，有感则应，之后才有倾听。此刻就像你一样，我把这深夜理解为早晨，或者中午的临近，很多雾，在周围弥漫，而在它们的深处，我看到光线的浮动，它们吸收着雾气里的细微水珠，缓慢地创造湿润明亮的早晨的图景，我听到了滴水的声音，跟零散的雨有些相似，但并不相同，它们在汇集的过程中，融解在光线里然后自然而然地流动，慢慢地构成了早晨这个多棱体的一个完美的侧面。这样的念诵过程其实是无所不在的，在脚步声回荡在幽暗的走廊里以及地下通道里的时候它在，在排练现场的那种喧哗中甚至在车水马龙的马路旁边它在，在地下停车场的过道里以及在狭窄的办公室的电脑风扇转动声里它也在，当我尽力张开嘴闭上眼睛让那些器具和手在嘴里发出奇怪的噪音的时候它都在……即使在你把钥匙插入锁孔转动的时候，在你站在院子里或者阳台上把烟放在嘴里点燃的时候它是在的，很多时候它并不是很多符号的累积，而是最简单的几个字，它们在反复地出现，无限的组合……你应该知道它是什么，是什么样的名字，其实并不需要对它们再进行任何意义上的描述，因为这种描述早已完成，或者从另外的层面上说，这种描述从未停止过，它就是现在的唯一的声音，也是唯一的沉默。

捕鼠记

好几天没看到它了。那只捕鼠笼子里，已换了三次诱饵，从西红柿、牛肉丸，换成了煮熟的半截玉米。长方形的黑色金属笼子，波纹状的镂空花纹，有弹簧的门是向前笔直扬起的，确实很像一个现代监狱里的小型房间。那截玉米上面，已缀满淡淡绿的粉状霉斑，稍动一动，就会震落下来一些，跟烟似的。

上回看到它，是四天前。它悄悄溜到大厅北墙中间位置的那根梁柱下面，想借梁柱跟雨水管之间的缝隙里那一列扭曲变形的空可乐罐爬上去，可是没有成功。它转身跳下来，落到地面时，发出软软的响动。它的个头并不大，颜色也不算黑，有些浅灰褐的色调，所以看起来也就没那么可恶和让人不舒服。比头回在洗澡时看到它从热水器上面飞快地缘管线而下时感觉要好多了。当时觉得它很大很黑、动作凶猛。其实是错觉。转眼间，它在我家里已经整整待了一周了。而且我发现,当你不大留意它的时候,就很少能看到它。有种相安无事的感觉。厨房里实施了坚壁清野,所以也就看不到它的痕迹。

真的,它奔跑得太快了。稍纵即逝。比那种大摇大摆、晃晃悠悠地出没的要好得多。像个影子,你只能看到它身影闪动的瞬间。

它是不是离开了呢?这两天夜里,直到凌晨,我不时的会忍不住四处张望一番,甚至关掉风扇,静静地听上一会儿,看看有没有什么动静。这其实是徒劳的,大厅里铺了灰色地毯,它即使走过,也不会有什么声响的,而且那地毯的颜色也是它天然的掩蔽色。后来躺在床上,迷糊地入睡的时候,偶尔听到下面厨房间里传来什么响动,就会想,看来它还是在的吧。仔细听听,似乎那声音又来自外面,而不是楼下。总是有点恍兮惚兮的感觉。

洗衣机的音乐响过,衣物洗好了。开了门,一件件地往外掏的时候,一转眼,刚好看到了它。它没有快跑,而是蹑手蹑脚地慢慢爬到坐便器后面。确实不大,柔柔弱弱的,但我还是紧张了起来,身上的一些汗毛在慢慢竖立。我向后退去,关上洗浴间的门。然后找来很多硬纸壳板,从门那里一直挡到大门旁边,打开大门,这样就形成了一条通道,可以让它跑出去,而我又可以不用直接面对它。但是它并不出来。拿了把椅子,搁在洗浴间门口,站上去,拿着那根拖把棒子在墙上、洗衣机、热水器上轮换敲打着，那姿势看起来估计跟演杂耍差不多了。可是它根本不为所动。

隔壁工作室里有两个又瘦又高的小伙子，一个是不怕老鼠的，据说是连蛇都捉过。看那样子就知道他说的是实话，老鼠在他眼中仅仅是老鼠而已。他光着膀子过来，拿起那根棒子，进了洗浴间，随手就把门关上了。过了一会儿，他开门出来，笑着说，把尾巴弄断了一点。他让我们看棒子头处，那里粘着一点灰色的东西。它钻到了坐便器后面的空子里。要换个小短棍才能碰到它。

另一个怕老鼠的小伙子，一直紧张地站在厨房门口观望。他忽然大声叫道，出来了！钻到冰箱后面去了！那位捕鼠能手笑呵呵地出来说，需要螺丝刀。那只老鼠钻到了冰箱后面的罩子里，外面还露出一小截尾巴。他说最好有钳子，夹住它的尾巴，一下子就拉出来了。可是没有。只好把罩子拆下来了。

听到了老鼠的一阵挣扎的尖叫，然后，就没有声音了。

他拎着那个捕鼠笼子从厨房里走了出来。把它打昏了，他说。趴在笼子里，整个身体还是轻微地抽搐着，伴随着微弱的呼吸。过一会儿它就会醒的，他说。它还睁着眼睛，很小，很黑，微亮的那么一点，很像煤精石的。我蹲在那里，看着它，看了半天。感觉它不是被打昏了，而是快要死了。以它这样的身体，根本承受不了那个小伙子的一记重击的。它的足底是嫩红的，看上去有点像什么植物的嫩芽或者柔软的根茎。就是靠了它们，它才行走如飞的。把那个捕鼠笼子拿到了门外的过道里，靠着墙。就让它在里面慢慢地死去吧。要是它还能清醒过来，估计也会蜷缩起身子，眼睛看着过道的尽头，头顶的毛被过道里的风吹得干枯黯淡。

夜里两点多的时候，有人从外面的过道里经过。边走边大声说着什么，像是在打电话。旁边还有另外的人在低声嘀咕着什么。他们不小心踢到了那个捕鼠笼子，发出很大的声响，仿佛被踢破了似的。

2010 年 7 月 29 日

小　猫

　　有了只小猫。嗯，是我捡的，我自己。当时已是后半夜两点多了——这样开始说的时候，其实心里还是有很多莫名其妙的感觉，就像某种味道古怪的烟雾在那里弥漫不散……当然我还不会把它形容为猫尿的味道，尽管这味道已侵入我的空间，具体地说，是在头一个晚上就浸染了沙发下面的一小块灰蓝色的地毯，那气味的浓郁程度会让你在不经意间有种被什么忽然击中的感觉。

　　要是彭剑斌不来，估计也不会有这事了。我们聊了很长时间，把彼此的烟都抽光了，我不得不在那个时间出去买烟。空气的湿度很大，园区里的小广场上，只有高亮度路灯的金色灯光在那些香樟树的繁茂而寂静的树冠之间保持着那种浮泛而饱满的状态，其他地方有的只是空旷与幽暗。那时江边的雾气还没有漫到这里来，没有货轮的汽笛声，也没有隧道里的那种警示广播的声音，总之就是什么声音都没有，一切事物都是静止的，仿佛都不在时间之中。大门外还有两辆黑车在等客，一胖一瘦两位司机都敞着车门，靠坐着车头在聊着天。从他们身旁经过时，我发现有只小猫从后面跑了过来，跟随着我，一直走到那个向来很晚才关门的小卖店。我以为它是店主家的。当我拿着香烟，重新回到广场上时，却发现它仍然在紧紧地尾随着我。很小的一只猫，我不知道它有多大，也许两个月吧，是只黄褐色的花猫。

走出路灯光圈的时候，我停了下来。它也停住了，看着我。我说你认识我么？它就喵了一声。它的声音其实还不具备通常意义上的猫叫的特征，明显有些微弱和稚嫩。我只是觉得有点奇怪。我继续往前走，它继续跟在后面，脚步轻盈。说我喜欢猫，有点牵强，不如说我始终对猫这种气质神秘的动物有种莫名的好奇。我从没想过要自己有只猫。有时在朋友家里看到猫，会有点动心，但转念想到它会有那些气味，会掉毛，抓坏东西，还有可能会生病，就马上没想法了。说到底，你是个怕麻烦的人。可是它就那么跟着你走，就像你的影子的一部分忽然有了生命似的，轻轻跳跃着，踏着令人有点不安的那种无声的节奏。你转身重新朝园区大门的方向走去。它愣了一下，但随即就跟了上来，这一次它几乎把脸挨到了你的裤脚上，不时地蹭啊蹭的。马上就要进入那片金色的灯光区域时，你再一次突然转身，大步就跑过了前面亮着白灯的那个转弯处，这回它没能跟上来。你停下来，想看看它到底还能不能找过来。它没有，但它在那里大声地叫唤，是那种完全超乎想象的大声。它赢了。你不得不重新出现在它的面前，离它有五六步远的地方，然后打量着阴影里的这个小家伙。它蹲坐在那里，降低了声调，轻轻地叫了两声。然后你转身朝工作室那边走去，它跟了上来。开了门，你让门半敞着，指了指里面，它看到了灯光，然后慢慢地跨过门槛，没有从敞开的地方大大方方地进来，而是从门下的空隙里钻了过去。

要把它留下来么？我像在问朋友P，又像在自言自语。留下来，也可以啊。他是有养猫的经验的。可是我实在不知道该怎么去养活它。想到即使它不生任何疾病，安安稳稳地过上一生，对于我来说，也还是会面临"有一天它会死去"这样一种局面，我就觉得有些不安，甚至是焦虑。它的样子很乖，你走到哪里，它就跟到哪里，站在你的两脚之间，脸挨着你的裤脚，左边或者右边。P说这小猫还是很乖的，很健康，而且肚子吃得鼓鼓的。只是身上很脏，有很多灰尘，还有跳蚤。给它洗个澡吧。说完，P就把它带到了洗手间，你能听见他打开了淋浴蓬头，然后随口说着什么，给它慢慢地洗澡。原本是不想看这个场景的，但又有点不放心，就到洗手间里，看他蹲在地上，耐心地为它一簇簇地洗净身上的毛。它洗完澡的样子实在有些不堪入目，全无神采可言，毛的颜色变深了很多，都成了湿嗒嗒的一绺绺的，其间还露出斑驳灰白的皮肤。找来电吹风，帮它慢慢吹干所有的毛毛，让它们重新蓬松起来。你会发现，无论是面对哗哗哗的淋浴水，还是面对嗡嗡响的热风，它都没有明显的不适反应，只是象征性地叫了几声。这是让你喜欢的地方。后来你们抽着烟，就那么不声不响地看着它，一会儿它贴到了你这里，另一会儿它又挨到了他那边。看得出，它已记下了这么两个人，看那神情，似乎大家渊源都比较深，都不用再多说什么了。朋友千里迢迢过来，就在你这里住这么一个晚上，跟它就遇上了。你到底是谁啊？我问它。你从哪里来的呢？

　　似乎为了表达对朋友的谢意，它整晚上都是卧在朋友身边睡的。朋友走后，它才为自己找了个舒服的位置，一个纸箱上面，挨着一个没有盖的里面为它铺了毛巾的鞋盒子。它只想待在盒子的外面。隔壁的花花家里养了两只猫，其中一只马上就要生了。从她那要了猫粮、猫砂，还有一个驱虫的环，套在了它的脖子上。一个朋友为它取了个名字，小乖。因为觉得它的样子和行为方式实在是乖。但虽然如此，我还是无法让它睡到我的房间里。我想象了一下每天晚上它睡在我旁边，然后早晨把我叫醒的感觉，并且试着把它带到了卧室里，但看它在床上转来转去的状态，我又改变了主意，把它重新送回到楼下去了。它有些不情愿，但并没有明显的抗拒。关上门，躺在床上，在台灯下翻开书，还是能听到它其实就在门边待着的声响，是它在用爪子轻轻挠门的那种响动，只是挠了不几下，随即它就放弃了。看得出来，它并不是一个喜欢去勉强表达什么意愿的家伙。将来会怎么样呢？谁也无法预料。但对于我来说，这样的有猫的生活，是以前所无法想象的。想当初只是帮朋友照看过一周左右的猫，就把我弄得每天心神不宁的，还把那只大肥猫放在隔壁房间里，不让它出来，每天回家只是开门问候它一下，添加猫粮和水，然后就是关门了事了。而现在我已经介入到一只小猫的童年了。这实在是件微妙而复杂的事情。

昨天晚上，隔壁的母猫开始生产了。到今天早晨，一共生了五只小猫，三只花的，两只黑白的。在阴暗的门厅角落里，有只扁平的篮子，里面卧着那只母猫，她侧着舒展着身子，那五只小猫一个挨着一个，挤在她的腹部吃奶。花花说要给她买鱼吃，好催催奶。离开这窝其乐融融的猫，来到外面，就想到昨晚小乖临近入睡时的样子，它闭着眼睛，双爪把定毯子的一小块，然后用嘴不住地拱着，像在吃奶似的。这么小的一只猫，真不知道它是什么时候离开母亲的。

2012 年 6 月 28 日

好　酒

　　喝酒这事，始终都让我有些耿耿于怀。我是真喜欢酒，尤其是白酒。可是徒有好酒之心，全无能饮之量，这辈子也只能抱憾不已了。

　　小时候，爷爷奶奶都好喝酒，每到吃晚饭时，都要先把烫好的酒斟满，酒香一飘起来，似乎再一般的食物也变得别有风味，会把这平常吃饭的事搞得很是喜庆。他们每次喝的都不多，也就二两左右，用的是那种七钱装的银酒盅。要是刚好我也在桌边，他们中的一位就会拿根筷子在酒里蘸一下，然后伸到我嘴里，让我吮一下。看到我被辣得一皱眉一咧嘴，他们就会大笑起来。他们平时喝的，其实都是很普通的白酒。只有在部队作领导的姨爷来看他们时，才会有好酒喝，比如茅台、五粮液之类的。当然，好酒都很香。

　　但奶奶最喜欢的，并不是什么名酒，而是一种名为"谷酒"的，应该是四川的，一点都不贵，可是香得不得了。奶奶喝酒时，有个习惯，就是倒满酒盅之后，总要先用筷子蘸上两下，在桌面上点一点。她称之为"浇点"。问她为什么，她总归是不说的，问烦了，她很反感。直到后来我大了，她才告诉我，那是敬鬼神的，所以不能说，一说，人家就不来了。有时一不小心，失手把酒盅打翻了，她就会在自责不已的同时，说是忘了浇点了，所以鬼神才会不让她喝这盅酒。她特别信这个。

老爸的酒量是慢慢磨练出来的。我是根本就练不成。几乎每次要放开喝的时候，都会醉得一塌糊涂，大受挫折，全无乐趣可言，就会有一段时间对酒敬而远之。远了一段时间之后，就会又开始想了，一点办法都没有。而且这种状况也让我无从知道什么样的酒才称得上真正的好酒。

老曹是个性情中人。久在江湖中周旋锻炼，却没染上什么邪气，特别的豪爽，不容易。上次他回北京之前，就张罗着要请我们喝酒，说是有特别好的酒给大家分享。凑了几次，都没能凑齐人，只好改期。那晚总算如愿以偿了。我们几个都有点拖沓，约好的时间都到了，才在广场上聚到一块儿，慢悠悠地踱到联洋广场的那个饭店。出电梯没几步，隔着玻璃，就看到了老曹的少白头，还有那张红扑扑的脸。

他笑着扬起头，用手指点着我们，就那么隔着玻璃一个一个地点着，好像能点到我们的脑门上。那意思仿佛是在说，你们老几位，是真不急啊。老陈负责点菜。老曹从包里把酒掏了出来，搁在了我们面前。产自贵州茅台，据说是茅台酒的前身酒坊所酿造。自然，要说清这里的渊源，就得讲一堆故事。还好，老曹只是简要地讲了一些。至少可以让我们知道，为什么现在所谓的好酒其实并不好喝的原因。酿造方式与方法的缺失，或者大规模生产后导致的方式与方法的无效吧。任何好东西，都是有限度的，过了这个度，就什么都不是了。这酒，叫赖茅酒，是二十五年的陈酿。酒瓶形状与茅台酒相同，但釉彩是褐色的。最特别的，是瓶体上裹了几层山里手工制作的生宣纸，手感和视觉都舒服，还不错。跟服务员要来那种大概只有两钱容量的小玻璃酒杯，和一只玻璃酒壶，老曹小心地逐一把几个小酒杯都斟满了。

他的手很稳当，一点都不抖，他要我们看酒满的时候，杯沿之上凸显的酒体，还有玻璃酒壶壁上的挂杯现象。其实，这些都不算什么。虽说都是细节，也不过是常识而已。真正实在的感受，只能来自酒本身。

我捏起那个小酒杯，手还是微微抖了抖，一点酒溢到了指头上，唇未沾杯，酒香先到了……这第一口酒，诸位喝得都很庄重。但酒一入口，所有的一切都烟消云散了，怎么形容呢？那一小口酒，就像个饱满轻盈的气泡，刚一沾舌头，就"噗"的一下散开了，满口弥漫着酒的香气，让你觉得那一口酒是完全雾化了，并没留下半点酒液在舌上。有那么一会儿，放下酒杯，几个人都沉默了。就像老曹提醒我们不要喝茶，那会破坏酒的香味一样，这时候说多了话，都觉得有损好酒的味道。

酒的原料是生长于当地水边的高粱，五斤高粱酿一斤原浆，不过据说很快就要恢复原来的六斤酿一斤了。老曹说这酒其实也是五味俱全的，酸甜苦辣咸都在里面了，要细细地品，慢慢地回味，才能区别出来这些味道的存在。他说的确实不假。在最后的两杯里，我喝到了苦味，还有酸味。当时微醺的感觉刚刚散去，正处在心神虚静的状态里，所以这两杯酒喝下之后，就知道什么是百感交集了。后来就想，这喝酒，实在是件非常个人化的事，不管多少人在一起喝着，那酒也只是入了你自己一个人的肺腑。另外，遇上这样的好酒，是需要有点机缘的。它能让你觉得整个人都通透了，把杂质都滤掉了，简明纯净，就像落到水面的一个水珠，忽悠的一下，转眼就都化尽了。

2010 年 7 月 16 日

IV

此地彼地

风　山

　　风吹得舌尖自然卷曲，在采集声音的缝隙里发出阵阵轰鸣，烟在嘴里聚拢不住，极快地飞去，而不远处的草木颜色跟天空一样都有些发白，淡薄的灰调云层里还在继续积蓄着水汽，只是含得挺深的。他们站在附近吹着风，看着这庞大的院子，在那片空地上，停放着废弃的旧式坦克，还有榴弹炮，都是有些锈迹斑斑的。在它们周围，生长着茂盛的野草，要是离近了看，你就会发现它们正在像波浪似的迅疾地波动不已，发出极其细微的和声。风把整个世界都吹成了灰白色，然后又吹成了淡淡的黑，这样反复了不知道有多少回。偶尔出现的寂静里，会看到云层里的山脉，并不陡峭的山坡，几个人在慢慢爬着，有些蜜蜂在附近嗡嗡叫着，掠过那些被日光烧焦的植物叶簇，你们闻到了某些干枯的叶子上蓄积的尘埃的味道。你听到风在山的后面猎猎地吹动着无数的东西，似乎要把它们的位置统统改变，可是眼下的这里是寂静的，随着时间的推移，你们已深入半山的阴影里，而把阳光留在了不远处的后面。没人要说点什么。后来你们都闻到了湿闷黏稠的气息从山体深处蒸腾出来，黏附在皮肤表面，时不时的就有种密闭的感觉弥漫着。听说晚上会有强台风登陆，只是还不能知道什么时候会到达这里。站在楼外面的平台上，向空中望去，可以看到很多清冷的乌云正在滚滚地向西北方向涌去。

耐 火 厂

　　在城西郊，还没过铁道的这一片，它算是个标志了。3路公交车的终点站，就是以它为名。那个很大的停车场对面，就是它的正门，当时看上去也是挺气派的。印象最深的是左右门柱顶上的水泥火炬，涂着红漆，很是醒目。越过它西侧的铁道，继续往西，在那条两侧长满了高大杨树的狭窄马路上再走个二十来分钟，就是新钢厂。要是顺着铁道往北走个半公里左右，就能看到一个挖沙子留下的小湖，我们管它叫姚台子。但不知道这个名字是怎么来的，是地名，还是因为湖水中有个水泥台子？一直都不清楚。我们夏天里经常去那里洗澡，也就是游泳，那时我们都把去野外游泳叫洗澡。那个湖非常的小，方圆不过百十来米，水质污浊，但里面竟然也有鱼，还有人会来这里钓鱼……后来，有人在那里洗农药桶，毒死了很多鱼，被谁的家长发现了，就不让我们再去那里洗澡了。我们就去更远的地方,往西北,快要到浑河边上了,那里有很多挖沙留下的大坑,都有几米深的水,在那里,坐在高高的沙堆上,能看到深灰的河面,还有对岸幽静连绵的北山。

3路公交车终点站的南面,就是我们的学校,耐火厂子弟小学。我不是厂里的子弟,但也得在那里上学,一直到毕业,因为附近没有其他的学校。教室都是红砖黑瓦的平房,只有一行,从东到西,二十几间。操场是用沙石铺成的,中间略高,四周渐低,下雨也不会积水。学校的南墙外,就是铁道,有四五条线在这里汇聚……再往南,是个面粉厂,那些高大的建筑物都是灰黑的色调,实在没法让人联想到面粉。铁道上经常停着那种烧煤的火车头,或者是成列的车皮(就是货运车厢),上面常常载满了圆木,煤,钢材,或者是粮食,偶尔还会有猪牛之类的,有时还会有地瓜干,用麻袋装着,口封得不严实,我们下课翻过墙去,爬上车皮,就能抠出很多地瓜干,硬硬的,费个牛劲才能咬下来一点,慢慢嚼着吃,感觉也很香,而正确的吃法,应该是用锅蒸了吃。我奶奶说那是用来造酒的,不是吃的。那些车皮总是停在那里,好像没人需要似的,过了好长时间,才忽然的就消失了。车皮都漆成了黑色,夏天里被太阳一晒,滚烫滚烫的。

耐火厂的外面，也就是大门的右侧那边，是商店、饭店、邮局、储蓄所和小医院门诊所。厂区里有很多的树。多是十几年——二十几年的杨树、槐树，偶尔还能看到几棵白桦，都很茂密寂静。树冠里躲着很多鸟雀，但它们的巢其实是在那些高大的厂房里的。我们去厂里玩，通常都是星期天，再就是暑假里了。我们总是从两米多高的墙上翻进去。墙内侧有巨大的碎煤堆，上面长满了齐腰深的蒿草。对于我们这些小孩子来说，这个耐火厂实在是太大了，好像永远都不可能走遍它。我们暑假的时候，厂里好像也在放假，很少能看到人影。那些各种规模的厂房多数都是空空荡荡的。但有些车间还是偶尔能碰上刚烧好的耐火砖，被水冷却过，一小车一小车地停放在车间的入口处，车下面有小铁轨。冷却耐火砖的车间里，铁道下面是水槽，有一米多宽，两米多深，常年积水，清澈见底。有些大孩子，喜欢来这里玩划船，就是脚下踩着一根长长的厚木板，手扶着一侧的铁轨，就那么一下一下地往后用力撑动，脚下的"船"就飞快地划行起来。我们个子矮小，踩上木板，就够不到铁轨，没机会体验这种刺激的游戏，只能看着他们在那里大声叫着。后来有个大男孩，用一堆木板，搭成了一条"大船"，可以坐两个我们这样的小孩，算是让我们过了把瘾。他爸是这个车间里的更夫。我们总是趁他爸不在的时候才来玩的。结果有一天，被他爸发现了，当时我跟另一个男孩正在体验"大船"的美好，发现前面尽头处出现了一个高大的黑影，站在那里大声呵斥着，让我们立即上去。我们被吓到了，以至于毫无反应。那个高大黑影拿起几根大木头朝我们丢过来，砸到了水里，让水激烈地动荡，没几下，我们的大船就散开了……

那时我们做不了的事情太多了。比如不能像大孩子那样爬上高高的厂房顶上去掏鸟窝，也不能爬到那些大树的树冠里，更不用说去厂区北面爬那八根无比高大的烟囱了，我们顶多拿个塑料袋，丢到烟囱底部的风门里，听得呼的一声响，然后就仰头等着它在过一会儿之后从极高的烟囱口里飞出去，就跟一股烟似的。有些厂房里会出现一种灰蓝色的纸，不知道是用来做什么的，是包耐火砖，还是别有它用，都不清楚，反正我们经常会偷些这样的纸回家，用来折飞机，或者做练习题用。那纸怕水，沾水就会软得一塌糊涂，就像烂掉了似的。最特别的还有一点，就是它有种古怪的味道，这种味道直到现在我还能回想起来，像什么呢？有点像用工业用水洗得发白的粗布工作服里的味道，闻着有种挺舒服的暖意。有时候这种纸随处可见，而有时候则一张都找不到。在我们翻墙而入的煤场那边，有很多蜻蜓，多是那种大的暗绿的蜻蜓。我们就随便用草叶扎成蜻蜓的样子，拴在细绳上，左手拿着它引诱蜻蜓，右手操着一把竹枝编成的大扫帚，可以轻易地捕到很多大蜻蜓，因为那时正是它们交配的季节，即使是看到飞行的草叶，它们也会冲上来咬住的。我们把它们中最好看的，拴在细绳上，一路就那样牵着飞舞的它们走回家去。有时候也会把它们装在啤酒瓶或者汽水瓶里，在瓶口塞上草叶，带回家里再玩。我们经常是差不多整个夏天都会在那里度过。

据奶奶说，耐火厂刚建好的时候，南门还是荒野大地。到处都是挖土留下的大大小小的坑，下过雨就积满了水，四处迅速地生满了野草。1952 年我们家搬来时，这里只有两户人家，一户是江苏来的裁缝，一户是河北来的木匠。我们三户人家，相距几百米。我们家外面种了很多向日葵，有几亩地，秋天葵盘成熟时，很是可观。后来耐火厂陆续招来很多工人，在我们附近建起了房子，慢慢的连成了片，家家都有院子，院墙左右曲折相连，就有了七拐八弯的胡同。等到我们这代人出生的时候，这里已有几百户人家了。南面是钢厂统一建的住宅平房，也有几百户人家。我爷爷六几年时去了运输公司，但我们家仍旧住在这里。这里的孩子是不跟南面钢厂住宅里的孩子们一起玩的，好像早就是个传统了。在我们家的东面，

60 年代初就建起了第三十中学。我妈就在那里教书。学校院墙上有个豁口，我们经常就在那里爬进爬出。墙里有很多大槐树，树枝都伸到了墙外，我们经常坐在墙头上，用那截树枝作为掩蔽，一直待到天黑，直到家里人出来叫我们回家吃饭，才从墙上跳下去。

等我上耐火厂小学以后，才慢慢知道，其实在这边住宅里，真正在耐火厂上班的人，已经没几个了。因为这个厂子越来越不景气，经常是开开停停的，里面上班的人，收入都不高，所以总是人很少。但耐火厂这个名头，跟我们已经分不开了。无论走到哪里，人家问起，我们都不得不说，我们是耐火厂那边的人。1984 年我小学快毕业的时候，耐火厂又忽然好了起来，每天厂门那里从早到晚都有进进出出的车和人。但我们家搬到市区中部以后，听说没多久，耐火厂又不行了。后来干脆就停产了。再后来，到了九十年代中期，据说又卖给了私人老板。耐火厂的东侧，有个厂里建的俱乐部，也就是电影院，我们小时候经常去那里看电影。厂子卖掉以后，它变成了舞厅。后来出了问题，被派出所查封了一段时间，就再也没开起来，直到彻底废弃不用了。

去年底，父母去看望一位仍住在那里的长辈亲戚，回来以后，就说那里的变化也真的是很大。很多人都不在了。不是搬走，而是死了。他们坐在那里，扳着手指头，一家一家地数着。我们原来隔壁的老丛家两口子不在了，他们的大儿子也不在了；我们家南面隔墙的老樊也不在了，他的那个疯疯癫癫的老婆也不知去向；再往南数，张萍的父母也都不在了；老乔家的两口子也不在了，他们的大儿子也病故了；西边胡同里的惠奶奶也不在了；挨着惠家的老李夫妇也都走了，加上早些年走了的老蓝头，喜欢在自家院子里养山羊的回族老杨家的爷爷奶奶父亲母亲也都先后走了……这一片那些多年熟识的老邻居，差不多都不在人世了。他们的子女们多数都不在这里住了，空下来的房子，有一小部分出租给外来的人，还有一大部分就一直空在那里。要是你再从那里的胡同中穿行的话，无论是白天还是晚上，都不会感觉到有人的气息了。任何时候你走进那里，都会觉得如同进入过去，而不是现在，以至于当你很自然地想起那些熟悉的人的样子和声音时，会觉得自己也像个影子似的，或者是完全透明的。胡同深处的那两株老槐树，也枯死了好多年了，整个都是炭黑色的。多年来传说中的动迁，迟迟没有任何要行动的意思。似乎只是在耐心地等待着而已，等着这里慢慢地自行消失。

2011 年 11 月 22 日

朱 家 角

这里的晚上，吃过饭以后，基本上很少能见到游客了。有的只是本地人零零散散地待在自家门外，闲聊一会儿乘乘凉，也就歇了。

偶尔还会洒下几滴莫名其妙的雨。在淼趣楼的回廊上，能看见天色是怎么变得越来越黑的，还能看到形单影只的游船，载着几个晚来的客人，亮着一簇微红的灯光，慢慢地摇晃着驶向远处。左侧圆津禅院里的那座塔楼缀满了小灯，而周围的建筑物则暗了下去，很少有亮起灯光的。

中午的时候，在那禅院里待了半个多小时。跟在外面看的感觉完全不同，实在是太过粗糙的一个寺院，随意看看哪里，都不免要摇头的。或许唯一不算粗糙的，就是那午后忽然响起的钟声吧。听懂了它的意思。假如你是寺中人，或是看破红尘的人，很容易就会把它理解为"空、空、空、空……"。

要是你内心里仍旧有着太多的眷恋，那这声音就会是很多的瞬间场景，与某人某时某地有关。有意思的是在里面的那座塔楼底层，有个中年僧人，边走来走去，边大声诵读什么经书，见有人来，就放低了声音，人一走远，再重新放声诵读。他穿的僧袍看上去很像睡衣，脚上穿了双耐克的白袜子，扎住了裤脚。那诵经的样子虽说容易让人觉得其实并未怎么读懂，但是看上去还是有几分可爱，因为他读得确实认真。

天一黑下来，蚊子就成群结队地来了。它们追逐着灯光和人的气息，缓慢地飞舞。没多久，临街的店铺、人家都要上门板，封得严严实实的。九点多以后，连点灯光都难得一见了。只是在某个街角，才能碰上一盏略显明亮的橙黄的灯，忽然的就悬在了那里。

想不被蚊子围攻，最好的办法，就是在街上走来走去。在这样的狭窄曲折的暗街上走动，会有种走到过去的感觉，但又不是自己的过去，而是另外的过去，从未有过的过去，可以走得很远，直到偶尔看到橱窗还亮着灯光的店铺，才又有了重返现时的感觉。

在街巷的深处，忽然看到一个透着灯光的小窗户里，有个女孩子在洗漱，那是间厨房，里面还有个老婆婆站在门边，不声不响地看着什么。这时候黑暗里传来几个本地男人很响的说话声，他们转眼就从你身旁闪了过去，消失在黑暗里，像是去谁家里玩什么。那座两侧长着草和石榴树的放生桥上，有几个老人乘凉，风是凉爽的，只是仍旧潮湿。

一个男人从桥头的黑影里闪身出来，问你要不要乘船，会比白天便宜很多，半个小时只要三十元，不能再便宜了。

这么晚了，坐船去看什么呢？

看夜景啊。

这时候两岸已经没有几点灯光了。夜空里露出了比较宽的云隙，可是看不到星月。

午夜我们开车离开的时候，才注意到，一弯昏沉的月亮低低地浮在远处的楼顶，那色调让你没法确定它究竟是黄的还是白的，实在是暗淡。

出口处，园林工人正在用起重机拔树。已经有几棵枝叶茂盛的大树横躺在了马路上，散发着湿漉漉混合着泥土味道的气息。我们不得不绕行。

2009 年 8 月 15 日

海

　　白天入城，深夜入海，谁让你有那么多的梦，只能如此这般，搁在海里，永久收藏，不断地酝酿着。就这么闭上眼睛，把橙子般的灯调暗，把最后的一点点信息发完，然后就可以乘着小船，慢慢地浮向远处……一波，一波，又一波，一波还未平复，一波又涌起，黑暗里的黑暗，在深处，也在表面，甚至不再需要有什么借以区分的光线。这真的就是在无边无际的大海上了。这海是我的王，是黑夜对我的怜悯，是我对黄昏与日出时看到的斐然文采的永久回忆与期待，没有比在这海的幽深阔大的动荡中看到的秋天更美的了，即使在黑暗的最深处，你也能想到温暖的时刻，想到早晨会这样来临，天很低，只有一种颜色，几乎不再有分野。而你，细脚伶仃地坐在船边，晒太阳，看着海鸥的肚子白得细腻……（罗斯氏鸥 Rhodostethia rosea：白色微带粉红，美观优雅，繁殖于西伯利亚北部，活动范围可远至北冰洋。）一朋友说，前些日子回了趟青岛，海真好。我想了想，发现我已经好久没看过海了。想想记忆里的海吧，印象最深的，仍旧是1992年在兴城，早晨起来，天还没有亮的时候，顺着马路往下走，走了十来分钟，忽然看到的黎明前的海。路是下坡的，这样看不远处的幽暗海面，就有种悬在空中的感觉，像是巨大深沉的幕布，看上去很重，也很肃穆，有几百米高的样子。这样走下去，会有种将要下到海的下面的感觉。那时天空是墨蓝的，稍微有些淡化的迹象，只有几颗极小的星子，待在西边的角落里，闪着微弱的光，附近还有一小朵淡墨色的云，像似用毛笔不经意的一下抹出来的。海风一直在迎面吹着，对身体有种推力，把皮肤跟头发，都吹得黏黏的，凉凉的。到海滩上的时候，海面才恢复到平常的视觉效果，看到幽暗中海与天的微妙分野，海浪浓郁地奔涌过来，一阵阵的，仔细地看的话，就会发现每一阵海浪里，都会有几波浪的深处会透露出来幽微的亮色，在远处时会更明显些，到近处则完全看不出来了。当时大家都在等着看日出，而我则对这种幽暗中的巨大的动荡场景暗自激动不已。当然后来我也被海天交汇处忽然透露出来的那一丝丝微红的光色所感动，它们丝丝缕缕地渗出来，渗入海浪里，不断地涌到近前，就像是从海底深处的岩浆里带出来的似的，却没有任何热度。后来这种微红的色调慢慢的浓艳起来，很快地变成了金色，随后是亮的金色，在那里的某个点上，越来越亮了，一个熔点状态下的金色的亮点，像似液态的，新鲜的蛋黄似的，微微地颤动着。几分钟都显得很漫长，然后只是一瞬间，它就完全爆发了，之前的一切都消失了，只有日出，让你忽然松了口气，看着这异常绚丽的正在恢复常态的海面，竟会有种莫名其妙的失落感。这太过明亮的世界，仍旧是值得看的，这是不用说的，只是似乎眼睛深处的快门已经自动关闭了。那时大家都在忙着抽烟，因为风大，点着很不容易，点着了也抽不出什么味道。这是十七年前的事了。现在我准备戒烟二十天。是吧，就这么定了。

宁山路

当大西洋海底来的人①，那个麦克哈里斯，终于在海水里苏醒，睁大眼睛，茫然注视站在水中的伊丽莎白博士，电视屏幕外的那个1984年夏天，就凝缩为脑海深处的一个亮斑，它历久弥新，指甲形的银片，亮度稳定，光线柔和，映透其他淡薄重叠的印象……6路无轨电车摇晃着转过一个个路口，车顶那两根长"辫子"摩擦着电线，偶尔闪出火花……被高大的杨树遮蔽的宁山路，沈空航修厂家属大院那个不起眼的狭窄侧门，有明显压迫感的两侧高墙，进去仍是挨着一道很长的墙走，在此之前的印象，则是沈阳南站那个有避雷针的墨绿色圆顶，下面的红墙，是广场上那座顶部有辆黑色坦克的苏军烈士纪念碑，是一座大城市人车涌动中的密度，而此后，是一个寂静的部队大院里的一幢幢红砖小楼，干净的柏油小路，修剪得过于整齐的列兵般的塔松，还有长得很随意的大叶杨树和望之幽然的槐树……整洁的楼梯，门铃响过，奶奶心情愉悦地拉着我的手，门开了，奶奶跟姨奶用即墨话亲热寒暄，话音刚落，就听到厨房里传来的高压锅减压阀的喷气声，空气里弥漫着炖鸡的浓郁香味儿，里面夹杂着些许煤气燃烧的气息，枣红色的地板，小叔的房间，上下两层的木床，姨奶指着上面的笑着说，这个是你的啦。门关上了。安静。

从侧面的小梯爬上顶床，坐下，忽然担心自己会睡着睡着就翻身从床上掉下来，摔到那枣红的木地板上。但这样的意外，直到我跟小叔换床后才发生……我甚至听到了自己的身体撞到地板时发出的咕咚声。睡意还没被这惊吓和疼痛所驱散，突现的灯光刺得我睁不开眼，所有人都来了……有人从背后抱扶起我，是小叔，他让我试试看能否站住、走动，还好，都正常。大家就松了口气，笑了。我喜欢这种意外，喜欢这样的笑，正如喜欢白天家里只有我跟小叔时的寂静。我悄悄探索每个房间。小叔在他的房间里写作业，表情专注。这让我有些不好意思，为自己总是想着玩点什么，而对于学习却毫无兴趣……那时我能随时随地轻易陷入走神的状态，且不知道自己到底会神游何处……我对新环境有种莫名的喜悦和习惯性的紧张。一家人都回来的晚上，就需要说话了，可我很怕说话。我更习惯于多少有些尴尬地抿嘴笑。我不喜欢自己的这种样子。但在这里，这种样子又会不时让我有种奇怪的开心。我试图记住自己看到的每个东西，它们在那里，每个都有自己的一个小地方，我可以触碰，但不会改变它们的位置。

记忆并不可靠。比如前面说的那些红砖小楼，其实很可能是那种有着粗砂石罩面的灰褐色调子，而根本看不到什么红砖；再比如我在那里待着的日子里，并没怎么去注意其他的房间，更不用说什么探索了，能确定无疑的其实只是我喜欢在姨爷的书房里翻那些军事方面的书，尤其是那部厚厚的淡绿书脊的《抗美援朝战斗资料汇编》（也可能不是这个名字），不知道被我翻了多少遍，我不仅知道了每次战役的具体情况，还查到了整个战争究竟伤亡了多少人。36万。这个数字让我兴奋不已。那时我还不明白什么叫战争的残酷，也不明白什么是死亡的悲哀，还会在看国产战争片时激动得浑身颤抖，会在解放军全歼国民党军时亢奋地站起来拼命地鼓掌……牺牲、死亡，这些字眼只是微不足道的符号而已，在英雄人物面前，根本不值一提。姨爷是空军航空修配厂的厂长，大校军衔，他是修战斗机出身的，开国大典时是负责保障那些参加阅兵式的战斗机安全的机械师之一，最后在人民大会堂举行的庆功宴上，还跟当时的空军司令员刘亚楼喝过茅台碰过杯，正如传说中描述的，这位将军的大皮靴永远擦得铮光瓦亮。无论如何，姨爷都是我当时的偶像和骄傲的谈资。

他给我讲的那些跟空军有关的故事里，有一个我始终记着：朝鲜战争期间，有个他认识的飞行员，开着一架老式苏联造双螺旋桨运输机，在鸭绿江边飞行，结果来了一架美军的喷气式战斗机，尾随其后，要击落他。运输机的航速当然没法跟战斗机相比，而且只配有一挺机枪，这个飞行员发现前面有个大烟囱，就开过去，围着它转圈，运输机慢，绕的圈就小，而战斗机快，绕的圈就大……这样每当战斗机在外圈经过侧前方时，运输机飞行员就开火，最后竟真把那架战斗机击落了，立了一等功，还创造了运输机击落战斗机的唯一战例。这个场面，长时间地留在了我的脑海里，对于我来说，是个非常迷人的默片，整个画面是偏灰淡绿的，还笼罩着薄薄的一层雾，而且是略微放慢了速度播放的，那一先一后两架飞机，就像两条不一样的鱼，前面是大一些的鲤鱼，后面则是凶狠的黑鱼，而那个最终跳伞的美军飞行员，则像是落入水中的一朵灰白气泡……这实在是幅多个场景重叠后的画面。

姨爷每天都会刮胡子，胡茬很硬。头发短，有型，身板笔直，步态非常标准，无论是军装，还是里面的白衬衫，每天都是最挺括干净的状态。这个形象，在我的记忆里几乎是从未改变的。在跟小朋友们讲述姨爷的战争故事时，有时我甚至会模仿他的即墨口音，我告诉他们，姨爷是空军的战斗英雄，在他的座机上喷了十几颗五星，那代表着他击落敌机的数量，而他最有名的一战，当然就是最初开着运输机击落美军战斗机那一次……当我淡定细述了那个美军飞行员是如何落入山里被一棵大树的茂密枝杈构成的天然陷阱捉住不能动弹，而姨爷又是如何驾机返航，在机场平稳降落后受到战友们热烈迎接的时候，孩子们都张大了嘴巴说不出话来，让我至少赚足了几个月的得意。当然要是那时我还能把姨爷给的军帽、军挎包、军大衣也拿出来，那该有多么的完美啊——可惜，军帽第一次戴就被一个骑自行车的陌生人抢走了，军挎包呢，则被妈妈的学生要了去，而军大衣，对于那时的我来说实在是过于肥大了。

有个身材高大健壮的、穿着空军蓝裤子、脚上穿着军用黑皮鞋的小叔走在身边，是怎样的一种自豪和荣耀啊，这对于今天的孩子们来说是无法想象的。更不用说每次姨爷一家从沈阳来看我们，那辆军用吉普车停在奶奶那个院子的大门口的时候了，在当时我的眼里这无异于来了一整支部队，尤其是一身军装的司机叔叔拎着几包礼物最后走进院子那一刻，我完全能感觉得到邻居们的异样眼神，尤其是那些小伙伴们的眼神是怎样的热切羡慕。我会把小叔带到经常玩闹的地方，他只比我大三岁，却像十八岁那么强壮，会军体拳，会摔跤，当那几个经常欺负我的大孩子，都被他轻易地摔倒在地时，我在一旁简直飘飘欲仙了，就像过节一样。那些大孩子都很喜欢小叔，邀请他带着我一起跟他们玩骑马打仗……我骑在他的脖子上，跟那些人厮杀，我们打败了所有对手，他的脸和脖子都红透了，双眼放光。你太瘦了，小伙儿，他把我放下时说道。这小胳膊，跟根棍儿似的。听着自己的激烈心跳，我羞愧万分，觉得自己就像一个被拒绝参军的男孩，之前的胜利喜悦转眼就化为了乌有。

姨爷的桌子上有个战斗机的模型，我每次去都要拿在手里翻来覆去看上好半天。还有个小相框里的照片，黑白的，画面是姨爷半蹲着，拿着这个飞机模型给小时候的小叔演示飞行动作。这让我想起另一张照片，是我爸爸跟小姑的合影，戴着旧军帽、穿着秋衣和练武术的灯笼裤的爸爸侧歪着身子，手里拿着一本红宝书，做出给扎着两根小辫子的童年小姑读的样子。在我看来这两张照片的构图非常相似，区别只是红宝书换成了飞机模型而已。我更希望自己能出现在前者里面。那时姨爷家有台海鸥牌相机，是那种要从上面往下看的神秘的黑色方盒子，进入镜头的图像是倒的，还有些幽暗，滤掉了环境里的所有声音——快门的声音轻快而又柔和，我跟小叔在北陵公园湖边的那张合影就是用它拍的，因为曝光的缘故，在我们的腿前出现了一道彩虹般的光晕，照片里的我只有六七岁，我们都很瘦，细脚伶仃的样子。那些暑假里我们经常会跑到北陵公园玩，小叔会用水果罐头玻璃瓶拴上细绳，里面放上些肉和碎骨头，在湖里钓小鱼。他还会带我到各种奇怪的地方游荡，经常要翻过高大的院墙，或是爬上树，用树枝编成草帽戴在头上眺望敌情……我们好像很少会去人多的地方，走到哪儿都被很寂静的气息围绕着。他有时会边走边给我讲点什么故事，有时则什么都不说，只是默默地想着什么，漫无目的地走在前面，而我能做的，就是不声不响地跟在后面。

即使是坐在沙发上看报纸，姨爷的姿态也是端正的。他见我探头，就会招呼我进来，坐在他旁边，继续把报纸看完后，会随意问我点什么，就像在测试我的成长情况。他的那种军人特有的威严，让我总有些紧张。我其实迫切地想听他再讲些战争故事，却问不出口。直到他忽然冲着厨房里的姨奶喊一声：刘桂香，可以开饭了吗？听到说好了，就拍了下我的屁股，下命令似的对我说，走，开饭。我就会非常开心地跑出去。有时吃过晚饭，姨爷会叫上我出去散步。从大院里一直走到外面，沿着大街在树荫下走出很远，有时甚至会一直走到北陵公园。那时的路灯是白色的，透过茂密的树冠，闪闪烁烁的，会在地上投射出一片片暗白的斑点。等回到大院里，转到那幢小楼前，周围已经看不到人影了，在上楼等着姨奶开门的短暂时间里，或者说在门敞开，里面的灯光涌到面前的那个瞬间里，有那么一次，或许我曾忽然想说，我是多么的喜欢沈阳这座城市，喜欢这个部队大院，喜欢这幢小楼，喜欢这个温馨的人家里的一切，甚至喜欢一家人都入睡后，我在上厕所的间隙站在客厅里发呆的时刻。可是我什么都说不出来。尤其是偶尔想到过不了多久，我就要再次离开这里，又不免有些伤感。

那些年我感受不到自己的成长与变化，时间是静止的，但我能感觉得到小叔的变化。读高中之后，他的话越来越少了。即便我仍旧在暑假里来玩，他也很少像过去那样带我出去四处转悠了。偶尔姨爷或姨奶提醒他，他才会恍然想到，哦，他把我都忘了。他从椅子上向我转过身来，似笑非笑若有所思地打量着我，伸手轻轻拍了下我的肩头，怎么样，小伙子，想去哪里呢？小叔带你去。我只会嘿嘿一笑，摇摇头。我真不知道该去哪里。但我知道，他已不可能像以前那样带我漫无目的地随处转悠了。他已经长大了，去哪里都要事先想清楚的，做什么都要目的明确的。只有小孩子才会什么都没想就出门了。他带我去北陵公园的湖里划船，或是去看蔡少武一家的飞车走壁表演，去大院附近的部队俱乐部看场电影，或是去游泳馆游泳……一切似乎都会进行得有条不紊、按部就班，我只需跟着做就是了。其余的时候，都是我自己待着，或是出去随便转转，漫无目的，每天都是那么的漫长，缺乏内容。那时候小姑已经结婚了，家就在附近，是一层楼的一套不大的房子，南面窗外有个院子，姨奶在那里还种了蔬菜。实在无聊时，我也会跟着姨奶去小姑家，她去伺弄菜园子，我则在房间里翻看各种杂志和书。

那是个多重的世界。尽管每天看到姨爷、姨奶、小姑、小叔，还有勤务兵、司机来来往往，让这个四室一厅的房子仿佛完全都是贯通的一个整体，但在我眼中，它仍然像蜜蜂的巢一样有着多重的结构。而这结构并不是空间意义上的，而是感觉中的。姨爷的世界，姨爷和姨奶的世界，小姑的世界，小叔的世界，小叔跟我的世界……我的世界呢，似乎只是飘浮在附近而已。我总是能清晰地捕捉到每个世界敞开与关闭的瞬间，而在每个这样那样的瞬间里，我的游离或走神也都是会呈现不同的状态。比如喜欢笑的小姑忽然不笑的时候，我就知道她的世界关闭了。再比如小叔本来在跟我说着什么好玩的事儿，期间接了个同学的电话，就陷入沉默的时候，我也知道他的世界关闭了。包括姨爷独自在书房里抽着烟沉默不语的时候，也是如此。我会无声无息地从他们的身边消失。只有姨奶的世界是常开的，哪怕是她一个人在房间里做针线活或是踩动那台缝纫机发出嗡嗡响的时候，她的世界也是完全敞开的，因此每次我的悄无声息的移动，她似乎都能觉察得到，会不失时机地跟我说话，问我需要什么，或者要不要陪她待会儿……而我总是会说没有，有时还会半开玩笑地帮她关上房门，因为这样我的世界就会出现了。

　　小姑结婚那天的很多场景我都还记得。我甚至能回想起闻到茅台酒的香气时心里忽然有些莫名复杂的心境。还有小叔参军的消息明确的时候，虽然我已记不得当时我在不在那里，但我还是在羡慕的感觉中有种难以消解的失落。这意味着那个多重世界会因此而变得简单化一些了。有好些天，我都是自己出去走出很远，专挑那些平时没走过的小街走，对于街上的景象，我其实是视而不见的，因为我看到的每个细节都跟它的背景有某种关联，但跟我并没有什么关系，在我的身后仿佛有丝丝缕缕的蛛丝般的线，它们的起点是大院里的那幢小楼，是那套安静的房子，我走着，只是尽可能地拉伸它们，而它们闪闪发光，等感觉它们可能要被拉断的时候我再回转过去，顺着原路，重新回到那里，回到由它们会自然微缩成一个淡淡斑点的地方。一切都已改变，不变的似乎只有我自己，随便拿本书，躲在角落里，我总是能感受到空气的凝止与光线的平淡，以至于有时候我甚至会希望离开的日子早点来到。

　　有几天，小叔忽然开始注意到我的状况。他似乎总是在不经意间观察着我的一举一动，而我能做的就是装作没有意识到这一点。那个安静晴朗的下午，他接过同学的电话，准备出去，但又来到我的面前，让我跟他走。同学家也在这个大院里。楼前有很多大槐树，昨晚下过雨，地面还是湿的。他们在房间里聊天，我就在阳台上望着那些槐树。这样不知过了多久，几个跟我年龄相仿的男孩来到下面的空地上踢球。你可以跟他们玩啊。我扭头看了看小叔。他揽着我的肩头，带我下了楼，把我推到了那几个孩子面前，能带上我们这位小伙儿吗？那几个孩子面无表情地看着他，其中那个身材粗壮的圆脸男孩点了下头。于是我就加入了他们。但实际上他们并没有带我玩的意思，很快的我就又站到了一旁，成了观众。不知什么时候，小叔跟同学站在了阳台上，看着下面。后来他们下来了。小叔问那几个孩子谁会摔跤。他们都看着那个身材粗壮的圆脸男孩。来，小叔走过去，拉起男孩的手，来到我的面前，来吧，你们比试一下。他抓住我的双肩，用力摇了摇，上吧。等我抓住那个男孩结实得像石头似的双臂时，就知道根本不是他的对手。当时被他摔倒了几次？我记不得了。他几乎是用最简单的同样的方式，一次次地把我摔倒在地，最后一次他甚至用胳臂压住了我的脖子，让我喘不上气来。小叔把他拉开，然后把我拉起来时，我浑身都在发抖，什么话都说不出来了。他似笑非笑地打量着那个男孩，又打量着我，我的裤子上都是泥土，他伸手抓住那个男孩的肩，用力一摇，那男孩就一个趔趄，但立即就站稳了。真挺有劲儿啊小伙儿，他笑道，难怪我小侄不是你对手。他搂着我肩膀往回走的路上，无论他说什么，我都不回应。我觉得他是故意要羞辱我的。

你就是太瘦了，小伙儿，他叹了口气说。那个小孩太壮了，你摔不过他很正常，不丢人。我还是不说话。你不会是要哭鼻子吧？他弯下身子，仔细看着我的脸，看到了我眼里含着的泪水。他有些歉意地轻轻拍了拍我的脸庞，我只是想练练你的胆子，对不起啊。他从楼道里推出一辆自行车，让我坐在前面的横梁上，然后跨上车子，带着我一路骑出了大院。有很多蜻蜓在低空中密集地盘旋。他说你知道吗，这就是要下雨了，很可能是大雨啊。透过林荫的缝隙，我看到天空还很明亮，似乎并没有要下雨的意思。我感觉自己的身体跟意识都开始变得有些麻木了，就像包裹了一层塑料薄膜。他说他决定了，读完高中就去部队当兵，然后再考军校。以后我们见面的机会就少多了，他感叹道，可能要等到我考上军校之后，才有机会再见到了。路旁的景物在变化，微风吹着脸，我的僵硬的身体开始慢慢地恢复常态，心里也没那么难过了，正在想着别的什么地方，一个没有别人的地方。那天晚上，姨爷知道了摔跤的事，严厉地训斥了小叔，说他乱弹琴，哪里有半点小叔的样。他脸红脖子粗地听着，尴尬地站在那里，偶尔也试图解释一下，但都被姨爷阻止了。后来回到房间里，我想跟他说点什么，却什么都没说出来。他把房门反锁之后，抽了支烟。这个场景让我忽然有些内疚。我爬上二层床，钻进被子里，望着天花板发呆。过了一会儿，他来到床边，双臂撑着床沿，看着我，有点尴尬地笑了一下。跟你说啊，据说当兵最苦的就是新兵连那段时间，要天天练走步，练叠被子，练走步要练到什么程度呢，就是假如三个人出去逛街的话，无论怎么想着随意走走，最后都会自然走成一排，不是横排就是竖排，走得倍儿齐……叠被子呢，哪怕有个角没叠好，都可能被检查的军官当场丢到外面去。你说好笑吧？我就笑了笑。

事实上，自从那次离开之后，作为时光能在那里缓慢盘旋而不会流逝的空间象征，就不复存在了。虽然无论是上中学，还是上技校，每年都还是会跟奶奶或是爸爸去沈阳，在姨爷家里待几天，但那跟以前的那些漫长的假期相比都太过匆忙了，是真正意义上的做客了。每次都是热热闹闹地来，然后又匆匆忙忙地离去，中间仿佛没有任何停顿。年龄在增长，有大片大片的时光在流去，一年又一年，然后很多年过去了。我工作了，后来结了婚，有了儿子，奶奶在儿子诞生那年的冬天去世了，然后我终于又见到了多年未见的姨爷、姨奶、小姑和小叔，因为当时的情境，大家都没法再多说什么了。那以后，两个家庭之间所能有的，似乎只是沉默。获得相关的消息也越来越间接和滞后。留在那些年的记忆里的，是大片的空白。每次试图回想起最初的时光，浮现在眼前的总是麦克·哈里斯从海里出来的那个场景，就好像他才是带我重返过去的引路者，他把我从夜色中的海里带到了沙岸上，我闻到了海水的味道混合着煤气燃烧的气息，而海浪声则会不时转化为高压锅的减压阀喷气声，小叔伸出手来，拉着我的手，让我坐下，电视机里正在播放的是洛杉矶奥运会的入场式……三十二年过去了，有一天，当小姑发来视频，我看到姨爷用我熟悉的即墨话叫我的名字小松啊的时候，我恍然觉得，一切好像才刚刚开始。

2016 年 4 月 3 日

①麦克·哈里斯：上世纪八十年代初中国引进的最早一部美国科幻电视剧《大西洋底来的人》中的主人公，能在深海自如地游泳，有蹼样的双手，不能离开水时间太长，是当时中国观众最为熟知的银幕形象之一。

归不得

　　爷爷奶奶都出自关里。1952年初，奶奶带着三岁的我爸，出山东，过河北，经山海关，历经月余周折之后，在一个大雪天里终于来到了抚顺，跟当时在汽车运输五队跟车的爷爷团聚了，住进了耐火厂东南侧那幢有着南北大院的瓦房里。这是我很小的时候就知道的事，但当时不知道"关里"指何处。直到小学毕业前才弄明白，"关里"，其实就是山东、河北一带。

　　后来慢慢知道了老家的一些事，都是奶奶讲的。比如抗美援朝时，村里有五十四个青年参军入伍，最后只回来了两个；爷爷的小弟，也就是我三爷爷，因奶奶赶在征兵前把他带到了东北而幸存；比如那里多是盐碱地，靠种地活着非常艰难，很多乡亲都离乡北去。爷爷家里还有大爷爷和姑奶奶两家，轮流照看太爷爷太奶奶。

我的老家，是禹城。长大后每次填什么表格，都会在"籍贯"栏里写下"禹城"这两个字。写的时候，感觉很有意思，因为这意味着我并不是真正的本地人，而是关里人的后代。我从没觉得抚顺是自己的家乡，尽管生于此，长于此。但这种感觉，我爷爷奶奶是没有的，我父母也没有。他们都能就地生根，而我不能。

　　临近三十岁时，我就想明白了，我并非必须在我生长的这座城市里走完自己的一生。成家以后，我问过爸爸：有没有想过回老家看看呢？他想了想，摇了摇头，回去干什么呢？都没有几个认识的人了，亲戚也多数都不在那里了。这回答，让我有种很强的失落感，就好像一直留存于我记忆与想象深处的那个我从没去过的"老家"，忽然变成了大地上的一个可以被忽略不讲的空白点，一个无法填平的无底深渊，也让我在相当长的时间里不得不一想再想，我到底失落了什么？

　　古人讲究告老还乡、叶落归根。青春离家，白发还乡，无论荣辱沉浮，都可以留在故乡自己慢慢化解为淡泊云山、悠然草木。起点变成终点，人生没有圆满，有的只不过归宿而已。我一直在想，古人之所以如此，主要还是在于古时社会它是一个完整的循环往复的系统，有着稳定完备的价值体系。不管一个人做多大的官、有多大的学问和成就，荣誉并非只是自己的，最后总归要荣归故里、光宗耀祖才算得上善始善终。客死异乡的人，不管是什么缘故，都不免被人视为孤魂寥落。但凡一息尚存，就要在临终前拜托别人把自己的遗体或骨灰送回故乡去，埋入乡土、与先人团聚。功成名就者是荣归故里，仕途失意者是归隐乡土，其实是殊途同归，沧桑历经之后，出生之地，即是最后安顿身心之地。有德有能之人，还要想着反哺乡亲、造福一方。也只有在那样一个完整的社会系统和稳定的价值体系里，故乡才意味着精神的永恒延续之地，而不只是血脉的留传。

传统意义上的中国，是乡土中国。整个社会的根基，在于乡土社会，而不在于市井。乡土社会的支撑，主要来自于族群，士绅作为族群的精英代表，秉持了道德与价值的尺度。在这样的背景下，个人的荣誉，即是族群的荣誉，而族群的荣誉又远重于个人的荣誉。什么是纲，什么是目，清清楚楚。新中国的无产阶级革命特质，决定了传统族群社会与道德体系的必然解体，土地改革不过一种手段而已。精神与文化的族群意义上的延续也正是在这样的特定历史进程中迅速走向终结的。虽然族群解体为碎片意义上的家庭单位是现代社会的一大特征，但就有着剧烈断裂症候的中国社会而言，意味着整个社会的破碎程度达到了空前的地步。这在很大程度上决定了中国社会在经历了解放前那么长久的动荡坎坷之后，仍然会在短暂的平和发展之后倒向新的近乎人为的激烈动荡。脱离现实的理想主义价值系统没能实现填补传统价值系统破碎后留下的巨大空位，而当这种系统在这空位填补行动中逐渐耗尽能量之时，不计未来的庸俗而又贪婪的功利主义成为潮流也就不可避免了。当代中国社会的种种丑恶怪现象，都可以从中找到根源。

当代中国社会的另一个特征，即农民以及来自农村的年轻人大量涌入发达地区的城市，同时这些发展迅速的城市又在不断蚕食乡村的土地，真的会给人一种吸其血而又食其肉的感觉。城市与乡村之间的巨大落差与倾斜，直接导致了乡村社会的持续萎落和城市的过度膨胀，进而使整个社会处在结构性严重失衡的边缘，各种矛盾不断激化。只有那些除了出卖劳力别无可卖的底层农民工才会重返故乡，只要尚有一技之长，只要在城市中还有生存下去的余地和可能，来自乡村的人就宁愿留在城市里打拼，也不会回到故乡。另外，对于一个族群荣誉已不复存在的社会来说，家庭荣誉微不足道可以约等于无。这就意味着除了个人自身生存需要发展需要之外，别无更重要的道德力量可以约束导引其行为走向。而与这一切相对应的城市环境大背景，则是过度碎片化的局面，也就是说，在不断扩张并吸纳大量移民的持续膨胀的城市里，碎片化的人导致的是陌生化的社会。人际关系的单一化与复杂化的悖论式同在，造成的其实是整个城市社会亲缘关联性和情感关联性的迅速弱化。由于国家长期实施计划生育政策所导致的社会家庭倒金字塔形结构，也在很大程度上为这种碎片化、陌生化的社会特征的凸显提供了足够的催化作用。

　　十三年前，我从抚顺来到上海，跟多年以前爷爷奶奶离乡背井到抚顺落地生根的状态完全不同，他们当年面对的是一个人口稀少机会众多的新兴城市，而我面对的则是近乎无尽的人海，是人口与建筑稠密到令人窒息的上海。在这样的一个无比庞大的超级大都市里，给我最深刻的感觉就是，无论你如何努力打拼，都只能浮在它的表面，而不会有扎根的感觉，甚至会觉得永远都不会有扎根的可能。因为这是一个密度高到哪怕你每天行走其中也仍旧无法真正进入其中的地方。你来了，可是无法进入。即使是你有能力买到合适的房子和汽车，有稳定的工作和体面的收入，你也只能一如继往地浮在它的表面，像个偶然的气泡。它永远不会让你发自内心地生发出清晰的归属感和归宿感。而它又无时无刻不在榨取你的时间、精力和热情，同时给你各种各样的拥挤和堵塞，还有莫名其妙的无法预估的变数。可是说到底，这又并不能简单归结为个人生存和安全感的问题。真正的关键问题，其实是一个人存在于这个社会上的线索是不是清晰的问题。这样的线索只有在族群的历史、家庭的历史、个人的历史并存的情况下才能完整形成和呈现，假如最终只有个人历史可以存在，那么它就会很快地变得模糊不清。发生在当代社会的大多数个人迁徙，其本质都意味着双重的抛离。个人将自我从家庭中抛离出来，同时也将家庭抛离出去。而当我又把自己的儿子带到上海读书的时候，我发现他在心理上产生了非常明显而强烈的抗拒感，因为他是被剥离出他所熟悉的家乡环境然后又置入完全陌生的环境中的，作为一个孩子他当然无法理解这种剥离有什么意义。他不得不早早的就被迫去适应完全陌生的人群。而且毫无意外的，他在同学里找到的朋友，也都是来自外地。他浮在你的飘浮之上。他几乎每天都不得不感受着一个总在忙碌中的父亲的莫名疏离与疲倦。有时候，他会忽然问起这样的问题：爸，我们什么时候回去呢？你的回答则是，我们为什么要回去呢？他理解不了你的想法，就像你始终感觉自己理解不了这个城市。

那么我为什么不想回去呢？是因为我已经默认并接受了这种无根飘浮的状态就是理所当然的状态么？还是因为我认为城市面貌与特征的同质化单一化的事实导致实际上已经不存在回去的选项，在这里和那里，已无本质的区别？回去探亲归来的朋友告诉我，现在抚顺的空气可比上海好多了，这真是个不可思议的奇迹。因为抚顺作为重工业城市早在二十年前就已深陷雾霾之苦，其污染之严重是现在生活在北京上海这样的大城市里的人难以想象的。但我对于朋友带来的利好消息其实是无动于衷的，因为在我看来，这点变化丝毫改变不了一个最基本的事实，国内的城市，其实是一样的。同质化、单一化的城市，会让人逐渐丧失对异地以及对所谓故乡的想象余地。在不断弥漫的无差异感的麻木中，对于从小到大就生长在城市里的人来说，实际上也就意味着"故乡"、"老家"概念从感觉与想象上的终将消解。我们还可以把父母接到身边生活，把空房子留在过去。然后他们就举目无亲地生活在这个陌生而巨大的城市里。在他们的身后跟在我的身后一样，留下的只是一道莫名的抛物线。因为当初我的一次自我抛离，我跟我的父母、还有我的儿子一道都成了无乡可归的人。而我的儿子会在这个陌生的城市里继续成长，长大时他或许已经习惯了这里的一切，等到羽毛丰满时，我相信他很可能会重复我当年的自我抛离，到其他城市去，甚至到国外去……有一天，这是此刻我忽然生发的一个意外乐观的想象，当他的爷爷奶奶、爸爸妈妈都已不在人世的时候，当他们那代人进入中年后每个人都拥有作为遗产的好几套房子的时候，城市规模开始持续萎缩并充斥着老年人的时候，或许他们很有可能会成为漫游的一代，就像早期人类的漫游者那样，了无牵挂地漫游在大地上，随意行走，随意停留，再也不用考虑什么归不归的问题。

2014 年 1 月 7 日

写　音

　　可能是水滴入石头，泛起了几丝灰尘，然后它们了无声息地漫入夜空，在那里破碎纷纷，把那黑暗中的某个地方，磨得黑中泛出墨蓝，而墨蓝中又泛出了灰白，就像看遥远的河汉似的，弥漫过去，白得有些平淡，又会在某个瞬间里显露出莫名其妙的灿烂。水滴在石头的深处是没有回响的，真有动静的，可能只不过是周围的那些粗拙的竹子，或者隐秘的洞穴，幽深之谷，寂静的深潭，还有温吞的湖水，以及附近的沼泽，听到或者听不到蛙鸣声其实一点都不重要。喝口纯净的泉水，然后让我们来剖开那幽静而沉实的金属，让它不断地裂解并且翻卷着，好让人们涌入那泛着暗金色光泽的无地之城，就像灰尘渗入电脑主板的空间里，也像无数的信息之流涌过光纤的脉络……时钟在摇摆。它不是在记录，而是在走动，这不是重复，因它从未回到同一点上。夜入深处，鸟可无形，折断细竹，于是坠石就入了水中，激起无限的波纹，它们的声音提示你要注意那些正在移动的透明的正方体空间，那些有着金属质感的玻璃屋子，在时不时地靠近过来，发出奇妙的回响，从里向外，也从外向内。

起初其实一丝风都没有，月光凝固在眼睛里，处处洁白，如同雪野。它们在此前来临的那种来自波纹的流动声音里一点点地移动，碰得那些裂开的石头也跟着发出古怪的响动。后来不是这样的了，它们摩擦石头发出的声音越来越强烈，透过山体传到了地层深处，忽然就引发了地核里埋着的那口洪钟的共鸣，就在此刻起风了，剧烈的大风上山入地，升空剥云，摧石揉树，漫沙无垠，林丛如同被强烈拨动的很多弦，整个世界统统陷入滚滚而动无始无终的过程，仿佛它正在宇宙中突然地坠落下去，这时我们听到了锣鼓喧天、龙马嘶鸣般的声音从这弥漫尘埃的空间里透射出来，奔涌了出来，把那个被漩涡化了的世界钻出了一个黑洞，就这样，周围的云雾般的存在忽然间凝固了，那缓慢的水滴，慢慢地滴落到地核里的大钟侧壁上，漫天漫地的，只有风暴后的寂静，天色欲明未明，将暗未暗的，巨大的城市仿佛是已然倾空了的……有些已濒临绝迹的狼群正慢慢走在远处的河床上，顺着那些灰白的庞大鹅卵石，往更远处走去，而那些无家可归的车辆，则顺着风的方向纷纷驶入了那凝固了的黑洞里，就像要穿过的正是时间隧道……它们的声音，就仿佛是正在弱化中的凌晨海浪，或者说就是海浪中此起彼伏的很多灰色鸥鸟的叫声被空空的海螺持续放大了，你一个人坐在黎明前的阳台上，安静地注视着屋檐滴水，它们都不破碎，只是落下来，凝固在地面上，微微地晃动着。

临　界

　　如果午夜之前会结冰，那么凌晨的气息浮现后则开始慢慢地融化。经过反复地测算，这个临界点终于确定为清晨四点钟左右。你们在工作室里围着火炉吃涮羊肉的时候脸都红红的，这样从很远处向你们这里眺望就会觉得那仿佛就是渊深的世界中最微小的一簇炭火，而偶然注意到它们的人会被那种令人不安的炭火艳红在瞬间里抛到极远的外太空里，当然动作可以保持舒展，因为真空中没有坠落的过程。那几段关于疼痛的描述实在有些令人无所适从，它们到底是属于哪个时段，过去的，现在的，还是未来的？但是文字已经让这种疼痛的感觉开始存在了。这些天里已经习惯于深夜后泡在温暖的水流里，说什么或者不说什么都可以，偶尔看看那些并非精选出来的过往图景，试着去辨别是不是存在物是人非的过程，基本上还好，很多年来，一个人的变化都还不会脱开根本。"一个中年男人，意味着他刚从战场上归来，要么是个残疾人，要么是个沉默许多的老兵，炮声可能没有震坏他的耳朵，可是子弹与弹片可能会让他的神经多出很多枝杈交错的地方，偶尔从沉默中出来，嗓门忽然有点大，是在发笑，但有可能会把毫无心理准备的人吓到……"把这样的句子栽到老海的头上，显然是个带着卖弄的玩笑，就像一个孩子因为太开心而在温馨的客厅里意外地燃放了一个炮仗。这就跟早晨忽然来临的寒流一样出人意料，可是怎么办呢？又结冰了。

常　熟

　　住的地方就在虞山脚下，看到山，却是那天早上的事。天气平和，略有风，薄云里透出清淡的日光，恍然之间就看到了不远处的暗绿的山。它们仿佛是刚刚浮现在那里的，在几道模糊的深绿里，隐约透着墨迹未干的味道。前天来时，天已黑了，什么都没看到。昨天起晚了，匆匆去开会，未及抬头四顾，结束时天就黑了。所以两天下来，对常熟这个地方，仍旧是毫无概念。

　　"山高一百六十丈，绵亘十八里，周围四十六里，峰峦回环，林木葱郁……"据说虞山里有很多古时名人的墓地，在北岭脚下还有著名的破山兴福寺。昨晚一位朋友说是认识里面的僧人，有空可以去拜访拜访，喝一喝寺里的清茶。听时不免心动，但转念又想，估计这个空也不大容易有，倒是适合在开会的无趣之中稍稍浮想神游一下。开会的地方在酒店的园区里，几座建筑修得都很华丽，足够大，也足够俗，适合那些满脸官气的中老年人在这里悠闲扯淡。

　　晚上九点多，烟没了。问服务生，得知附近街上有小卖店，就转了出去。这里的街灯很暗，走在那些香樟树的暗影里，会觉得跟没有灯差不多。从黄河路转到虞山北路，不过是几分钟的事。在路的左侧，有个店铺，还亮着灯，门两侧各有落地的玻璃窗两面，窗子上沿各有一条电子字幕条屏，闪烁着红亮得有些刺目的字，一动一静，动的是广告，静的是"南无阿弥陀佛"，是家卖佛教物品的店铺。透过橱窗，看到里面除了有个小佛堂以外，还有些串珠之类的小饰物，正对门处的小几上摆了一些书，佛堂那边还有很多各种各样的香。坐在里面的一个中年女人站了起来，瘦瘦的，她清了清感冒的嗓子，但并没有说什么，只是点了一下头。里面还蜷坐着个老太太，喉咙里低沉地咕哝了几句。

　　那些小饰物，跟外面地摊上的看不出有什么区别。左边的佛堂是个很小的地方，但布置得很是富丽堂皇。三尊小佛像，都是镀的金身，有幔有幡，有香炉，有跪拜用的蒲团，还有供品桌，盘里有些时鲜的水果，只是香蕉的颜色已明显变暗了。看了看那三尊佛像，就又转身到了门前那里，重新去看那几本书。之前扫过两眼，觉得都只是给信徒们看的普及读物，并不是什么经书，这回仔细看了看，发现其中有本厚厚的明黄封面的书，书名不知出自谁手，落款及印都没看懂，"印光法师文钞三编"，这本是下卷。书是苏州灵岩山寺弘化社所印，附页有出资者名录。书有619页，里面的字是四号宋体，排版也比较密，但整个书的纸质与手感都还是好的。

这时那中年女人已来到近前，就问她，这书是卖的么？她说，都可以的。没明白她的意思。她又补充道：如果你想买，那你给一块钱两块钱都可以，真想要的话，拿着就走，也可以的，就是这个意思。我想了想，就跟她说，那我就直接拿走了吧。她说好啊，看好了，也可以传给别人看一看，这书也是讲缘法的。拿着这本书，出来继续往前走，不到百米，就在一个正在大兴土木的饭店旁边找到了小卖店，买了两包烟，又打了个电话。一些工地上出来的农民工聚在黑暗的街边，彼此大声说着什么，也没听出是哪里的方言。等再转回到那家佛教物品店铺的时候，那里已是人去灯熄了，前后也就隔了十来分钟。

听一上午官话，终于午休。朋友来电，走，去兴福寺，吃面，喝茶。寺其实很近，就在不远处的山下。寺前的窄街被摆摊的占了大半。兴福寺并不大，结构上有点类似于简易的私家园林，有花园，有亭台和小池，树木颇老，人也不多，偶尔能看到个僧人，默默地从回廊里走过，其中一个还戴了副近视眼镜。

看不到烧香的，据说统一到一个背静的地方烧，所以这里就显得很清净，没有烟雾缭绕的场景。只看到几个拜佛的，入门即拜，表情严肃。吃面跟喝茶，都在侧面的园子里，几个简单的座位，满地的落叶，周围有些桂树、枫树……透过树冠的阳光金灿灿地从屋檐上洒下，在凉丝丝的风里晃荡着。松茸汤面，绿茶一杯，朋友认识的僧人不在寺内。旁边的桌上，几个老女人在吃瓜子聊天。有位七十多岁的老奶奶，拿了些当地土产过来，问要不要买。有香橼（一种橙子，味道很香涩，但不好吃，只适合供奉用）、金钩钩（看上去有点像葡萄摘光了的串儿，深红微黑的颜色，其实是种枝状浆果，咬开皮里面就是果肉，吃着是甜的，那味道有点像柿子），还有并不黏稠的桂花酱，那些桂花是泡在液体里的。从侧门离开的时候，才隐约听到诵经堂里传来诵经声。

2010 年 12 月 11 日

平　湖

1

睡了一路，大客车停了之后，睁开眼睛，侧过头去，就看到了浑浊泛黄的海水在不远处动荡着。是个正在建设中的码头，在海里几百米远的地方，有两个巨大的桩子，近处有刚修好的通向码头的路，还有一条跨到海面上的桥。其余的都还看不出来眉目。平湖临海，有点想不明白名从何来。想到了"平湖秋月"，但也还不知道湖在哪里。上了车继续睡。再次停车的时候，天色已渐暗，不知到了哪里。似乎是个很大的工业园区，车前面有一巨大建筑，通体都是白色的，看圆顶，远看有点像美国的白宫，看正面，则有点像古罗马时代的元老院，十几根白石圆柱，一字排列，柱廊的横楣上还雕有仿古希腊式图案，左右通道弯曲而下如未完全抱拢的手臂，一打听才知道，这竟然是一民营企业的办公大楼。它的圆顶上，立有一黑色的青铜人像，做挥手状，开始以为是恺撒大帝之类的人物，但据知情人介绍，这其实就是老板本人的塑像，顿时无语了。

离开那里，能看到远处的平野里有几根高耸入云的大烟囱，正在冒着淡淡的烟。到市府的时候，天已完全黑了。当然又是一座巨大的建筑。侧面的那个建筑里还灯火通明，一层是食堂，服务员们正在清理桌椅。吃饭的地方在楼上，有点像人民大会堂那样分了很多个厅，都有名字。有道冷菜，属当地特产，据说很有名，就是糟蛋，说是"柔软晶莹，醇厚芬芳"，仔细看了看，又尝了尝，果然。饭后，入住的波特曼湖景酒店，又是很大的一幢楼，只是条件远没有听起来那么好。我们这个房间里的电视只能看到一个频道，不是因为没有其他频道，而是调不了频道。从酒店里出来，放眼望去，四外都是黑漆漆的，似乎没有什么高层建筑，除了零散的街灯，几乎看不到什么灯光。到街口才好些。旁边有条街，牌坊上写着"水洞埭"，不知是何意思。

街上很宽阔的感觉，铺着平滑的石板路面，两边多是日式料理和酒吧，不知道的还以为到了日本某个小地方，只是店面装潢都比较粗糙。偶尔有个穿着鲜艳的女孩子从某个酒吧门里探出头来，拿着手机在低声说话。除此之外几乎看不到人影在街上走动。只能看到几个墨绿色的垃圾桶，完全敞开着，塞满了东西，而外壁都是湿漉漉地闪着微光……这城里的空气不大好，到了晚上，还有些烟气在空中弥漫着，不知道怎么来的。或许跟那些高大的烟囱有关吧。再转回来，往远处的黑暗看了看，这回看到了些霓虹灯的光影，随即就意识到，下面是有水的，黑黑的，原来就是湖。是东湖，也即是当湖。"因其地汉时陷为当湖，'其后土脉坟起，陷者渐平，故名平湖。'"这里出过一个名人，就是李叔同，城里有条路，就叫"叔同路"。

2

很大的雾。是同室人先说的，还是你自己先看到的？反正就是很大的雾，漫无边际的，只是在楼下那个鱼形的种了很多细小杂树的草坪那里，才略微掀起了边缘，就像没遮好的灰白色多重厚窗帘下面露出了墙脚。能见度很低，大约只有十来米。吃过糟糕的早饭，看看外面的雾丝毫没有散去的意思，就有点暗自地开心，回到房间里，重新躺下，又睡着了。隐隐约约的，听到有人在外面说话，在楼下，还有人在拍着球，发出咚咚的回响，我以为是在做梦，还有不远处传过来的很多鸟的叫声。他们出发时，把我叫醒了。我不去了，他们就都上了车，要去转上一天呢。我是哪里都不想去了，所以不得不称病一下。

雾退远了一些，离这幢楼有几十米，不再像之前那样贴近了。楼下有几个女孩子在打羽毛球，拍着篮球，跳绳，都穿着酒店的制服，不时地发出笑声，大声说着话，但是听不清楚。这时候，开始有车辆出现了，还有人骑着电动车，自行车，出现在周围。稍把视角抬起来一点，就看到了前面的湖。但刚好被眼前几株树的树冠遮住了一半，湖面是不规则的星形，或者说有点像海星，只是在右侧多出了一个不大的湖湾，环抱着的是一个公园，就是叔同公园。在公园入口与酒店前面的路口之间，有四个样子古怪六七米高的门柱，每个都由四根方形细柱组成，顶部是个用十五根白钢棍焊成的小尖顶，四个面都挂有一蓝色的饰物，像钥匙，也像表针，不知道这组东西摆在那里究竟是什么意思。在它们的左前方，有个雕塑，抽象的，白色，有点像满风的船帆，一大一小，一前一后地摆在那个黑色大理石很低的台座上……现在有两个女孩子在上面跑来跳去。一些人，在慢慢地往公园里走去，都穿着偏深色的衣服。

在视线无法抵达的地方，公园深处应该还在远处。能听得到远处空中回荡的快节奏的音乐声，估计是从什么游乐场里发出的。很多鸟声，此起彼伏的。湖水灰亮，宁静。对岸的树丛都多少有些泛黄了，在湖水里投落模糊的倒影。其中有一片倒影，不知为什么，被一道宽宽的水纹遮断了，是因为里面有水流么？偶尔的，还能看到一只白翅尖的黑鸟，慢慢地扇动着翅膀，从湖面低飞而过。还有种鸟，是白背黑翅的，体量相似，飞得也很缓慢。下午一点多的时候，雾气还没有散开，只是升高了而已，浮在远处那些高一些建筑的楼顶。雾的后面，应该是个多云天，因为阳光有时候会忽然地出现，透过雾气，把淡金色洒落一些，稀薄地沾染在树的枝叶上，微微颤动着，似乎只是轻风一吹，就又都散落了，不见了踪迹。有几个人，一直在湖边站着，瘦瘦的样子，都不怎么动，在那里站了很长时间。没过多久，天色又忽然变暗了。

3

南河头，平湖的朋友推荐说，在那里借个竹凳，晒晒太阳，特别的惬意。在那里走一圈儿，也就十分钟左右。在波特曼酒店的路口，叫了辆三轮车，说是要去南河头东口。那人犹豫了一下，问是哪个南河头？当地方言有点类似于沪语。他这么一问，我更不知道如何回答了，只好重复了一遍朋友的话：南河头东口，就是那里。后来他就找了个方向，骑了过去。几分钟后，就钻入了一个巷子里，进去之前，他忍不住又问了问路边的闲人，这才确定自己的路线是对的。这南河头，是条临河的小街。街边都是普通人家，房屋低矮陈旧。对岸的人家也是这样，也有白墙乌瓦，但总体上都是一种破旧的气息，不大像是这个年代的，但也因为没有被开发过，而显得自然朴素得多，没有那份做作，也没有任何商业气息。其实跟朱家角里面的临河街道是颇为相似的，所不同的，只是这里人影稀少。碧阴阴的河水，几乎是不动的，但是很奇怪，里面竟然还有鱼。不过这天气显然是不可能晒太阳了，只能随便转转。挨着南河头的另一端，就是莫氏庄园。

晚清民国时期，这莫氏是当地的大户望族。据说莫氏家族曾拥有五六千亩良田，还开有银号、米行等实业，还做过木材生意。这个莫家花园整体上是个很奇怪的建筑群，四周都是"几近两丈"的高墙，墙内大部分空间都是连体的房子，而且是二层楼房，从正门到后门，有前后东三个小花园，轿、正、花、女四个厅，除了厨房、账房，其余的都是住的房间。主人仆人的房间，按点线分布，主人的在点上，仆人的在线上，主要还是为了方便服务。房间布置以中式为主，多为木制家具，但大量使用玻璃镜子，并且掺杂了部分西式家具，比如沙发、茶几、有镜子的大衣柜，此外竟还看到了电风扇、留声机，这些上世纪三十年代的时髦用品，与那些厅堂里的书画，还有二少爷房里成套的大烟枪、水枪袋，构成了奇怪的对称。值得一提的，还有能看见花园的过道与回廊。景物虽然不算可观，但还是可以一看的，多少也能缓解一下这座仿佛被折叠过的小建筑群里的压抑感觉，聊胜于无吧。花园里的植物有：金桂、芭蕉、豆瓣黄杨、竹子、石榴、枫树……还有一些小的乔木，不识其名。当然还有太湖石，但明显有些放多了。东、后花园里都有小池，里面有很小叶的莲，这时节已看不出任何生机了，似乎都在慢慢腐败的状态里。

2010 年 11 月 20 日

风　铃

　　其实很少能看到这种东西。悬在那里，总归是什么屋子的角上，里面或者外面，有风经过时，才会摇动，没有风的时候，就静止。不管你是希望它动，还是希望它不要动，都是没有意义的。你毕竟没法知道什么时候风会与它碰上。而它又怎么可能是在对风说着什么呢？它顶多也就是自言自语吧。当然它永远不会自我摇动。说得有点太过肯定了。谁知道呢？很多年前，有过这样的念头，弄个风铃，挂在窗口，但想想又算了，怕招来别的什么东西，自己又看不到，平白无故的那么莫名心动一阵，反而会扰了这风铃的安静。可能从物理的角度来说，赋物成形，自有其声，动与不动，那声音都含在其中呢。就像蓄满了水的杯子，那水是略微凸出杯沿的，也像心里蓄着的某种光亮……谁会知道它能在什么时候发生微妙的荡漾？忽然想到老B白天时讲的弦的发声，即使只是一个音，也是由很多不同的音组成的，从那弦的不同部位同时发出来，组合成了这样单纯的一个音，不停地泛动开去，让你以为只是一个音，而不是很多。这或许可以理解为最好的心理学原理吧。从这个意义说，那个寂静不动的风铃，就有了诸多的角度，只是你并不知道声音会从哪里开始。

东去西行　　洛杉矶、拉斯维加斯、旧金山

2014 年 6 月 12 日

　　去洛杉矶的航班升空了。全程 11800 公里，飞行 11 小时 10 分钟。听到后者，有点失望。原以为要十四五个小时呢。喜欢漫长的旅程，坐什么都行。下面的那些云朵很远，也很小，像高射炮弹在空中爆炸后的烟团。所有的舷窗遮光板都拉下来了，机舱里变得幽暗。旁边的人像在自言自语，美国时间，现在是夜里 10 点多。他戴上了眼罩，往后一靠。多数人好像都准备睡了。其实，像洛杉矶、旧金山这样的地方，虽说在美国的西海岸，但感觉上却好像比位于东部的纽约还要遥远很多。在我的想象里，洛杉矶是白色的，而旧金山则是被蓝色包裹的赭石色。

偶尔拉开一点遮光板，透射进来的是异常刺眼的光线。机舱里长时间的幽暗会让人误以为外面已是夜里。那本台湾版的《我们的时代》读到了《某件事的结束》，玛乔里自己走了，留下尼克自己在那儿闷闷地发呆，看着月色里的幽静的湖水。飞机颠簸了一会儿，左右摇晃，但好像没人介意。再次拉开一点遮光板时，光线没那么刺眼了，外面是黄昏的亮度。一个小时后，落日的百分之九十没入了灰暗的云层里，最后的那一抹，也只停留了不到一分钟。下面的云层是灰色的，颜色在逐渐变深，还有点发白的意思……云层的纹络之前是粥状的，是那种晒过的粥，之后有一阵子是大脑状的，不久就变成了冰原般的状态。变化最为丰富而又美妙的，还是西北天际那道长长的彩虹般的云带边缘，在最美的时候，看上去仿佛是冰川纪里最后的落日留下的无比绚丽而又寂静至极的亮云。由于上面的天空是逐渐变深的蓝，而靠近那条云带的部分则是浅浅的蓝，纠缠着暗金色的余晕，就显得天空是渐渐隆起的，穹顶的颜色最深。在下面的云层变成深渊般的存在之前，不知道从哪里来的微光轻轻地映现了一大片羊群似的云朵，它们看上去有几百只，正迅速地没入幽暗里。飞机在不摇晃时，就像是静止的，只有本身的噪音在运动，机舱里的人在动。机尾部有个小吧台，乘客可以站在那里喝东西。旁边紧急出口处温度偏低，能感觉得到明显的寒意。

天际的微蓝、暗金色都在黯淡下去，就像野火的余烬，正飞升起最后的一点烟气。飞机就在黑暗完全弥合之前的最后一道缝隙里缓慢滑行，仿佛正在经历成为黑暗本身的过程。黑暗里什么都没有。出现半睡半醒状态，已是夜里九点多，舷窗的温度在降低。外面已是黎明，没过多久，就能看到初露的曙色了。下面的云层仍然很密，灰白，像冰原。没几分钟，金色开始浮现，而且越来越多，迅速地在天边渲染出辉煌的光彩。机舱内很干燥，皮肤绷紧，嘴唇发干，很不舒服，浑身的肌肉都有些酸胀。

洛杉矶的上空，能看到下面连绵不断的山脉。透过舷窗的阳光晒热了身体的一部分，慢慢地热透，让它从那种极不舒服的状态里苏醒。舷窗外层上有零星的细小霜花，而内层则出现了水汽。往飞机侧后方望去，还能看到过于平滑的海湾，云气与阳光掩盖了它的荒凉感。山脉起伏，上面的那些弯曲的线路像随意丢下的长到没有尽头的绳索。

从上海的正午来到洛杉矶的正午，十二小时之后，还是六月十二日。离开机场，坐在旅行社派来的中巴里，感觉浑身的肉都在酸疼，每块都放错了位置。机场海关的关检人员竟然有一半是华裔的，但他们只会说粤语。还有一些流动的服务人员也是华人。一位在国内签证时两次被拒的同事，在这里再次遇到了麻烦，被带到了一个小屋里，要求提供往返机票的证明。好在后来东航的服务人员及时出现，提供了他已购买往返机票的证明，这才脱身过关。导游兼司机是个来自石家庄的小伙儿，姓王，在这里生活了八年了，口才很好……洛杉矶地区有1800万人口，1400万辆汽车，这里没有地铁，公交、出租也少……很少有高层建筑，整个城市铺展得很开……这里是地震带，多数房屋都是木制结构……高楼防震级别都在八级以上……这里有100万华人，有相当一部分是东北人。进入市区后，两侧的民居多是一家一幢的小楼，建筑风格各异，但都很整洁。这个城市绿色并不多，除了市中心地区能看到一些树木之外，似乎只有私人住宅里才能看到树木、花草。比较多见的是棕榈树，跟国内南方看到的不同，这里的棕榈树是又细又高的那种，树冠也很小，每一棵看上去都有种远远的感觉。不管怎么说，我确信洛杉矶是白色的，因为这里的阳光过于强烈了。这个三面是山、一面向海的地市，准确地说应该是一个大区，里面有五个郡县，每个都有多个卫星城。

　　旅馆在市中心的东侧。放下行李，没休息，直接去美术馆。洛杉矶郡立美术馆和洛杉矶现代美术馆。这两个美术馆都值得拿出至少半天的时间来慢慢看。放在一个下午来看，就比较仓促了。郡立美术馆是美国西部最大的综合美术馆，位于一个半开放式的公园里，旁边还有个以北美最古老的大象为标志的古生物博物馆。公园里很多草地和种类繁多的树木。展览很丰富，但时间紧迫，只能以那个梵高特别展为主了。《梵高与同时代的法国、德国艺术及表现主义》。这是个很能体现学术功力的展览，从主题的确定，到线索的呈现和展品的选择、分布，再到每个区域的简明而有见地的介绍、标识的制作，能清楚地看出策展与布展的高水准。在筋疲力尽的状态下来看这个非常精彩的展览，真是极为复杂的感觉。外面不远处的小山坡的草地上，很多孩子在打滚，晒太阳……母亲们则坐在草地上聊天或看书。我们匆匆忙忙地经过那里，钻到车里，赶往另一个美术馆。困倦和疲惫差不多就此打败了我们。赶到洛杉矶现代美术馆时，已是傍晚。这个馆位于几幢高楼大厦之间，主体部分在地下。在这里看到的是很多美国著名现代艺术家的作品，比如劳申伯格、罗斯科等人的，还有一些不熟悉的美国当代艺术家的个展。最后看到的是一个以美国色情电影为主题的展览，宽阔的放映厅里正在播放一部反映古罗马奢华淫荡生活的电影剪辑和花絮。在洛杉矶现代美术馆不远处，就是弗兰克·盖里设计的迪斯尼音乐厅，建筑风格跟毕尔巴鄂古根海姆美术馆相似。

　　回到旅馆时天色已晚。没人想吃饭。每个人都只想回房睡觉。可是躺到床上时，才发现睡觉也并不是件容易的事，很累，但是睡不着。脑海里浮现的，是洛杉矶机场里的那些穿制服佩枪的关检员，不管什么身材，都有点粗壮的感觉……还有一些美国胖子，真正的大胖子，几乎分不清前后的那种……还有过完海关下楼时，对面的墙壁上那个巨幅的电子装置艺术品，冷不丁看去，是平面的，但随即发现它的表面是在不断变化的，像运动中的浮雕，只是呈现的图景又是抽象的，能感觉得到线条与面的持续变化中透露出的那种神秘感。

2014 年 6 月 13 日

　　时差的影响在持续。努力去睡的结果，是睡眠失去了深度，有的只是一小时一小时的浅睡。虽然如此，但疲惫感还是消解了大部分。洛杉矶的阳光仿佛每天都是恒定的。盖蒂博物馆。它远离市区，在山里。车子从旅馆出来，一路直行，都没转过弯，一个小时左右就到了山下。一路上别无可看，就是各种各样的飞奔的汽车。开大货车的，好像都是些大胡子的男人，货车都很干净漂亮。要坐有轨小电车才能上到山上去，每列有五节白色的车厢。盖蒂博物馆的建筑都是白色的。表面上看并没什么特别的感觉，进入之后，从一座转到另一座的过程中，才渐渐发现建筑的特色。它们是依托山势的变化构建起来的，内外空间的设置、错落呼应，尤其是与山间环境恰如其分地配合，极大地强化了空间的层次感，视角也非常丰富，一路里里外外看过来，不会有一点单调的感觉。所有建筑材料都是节能型的。从宣传单上的平面图看，整个博物馆的建筑分布结构很像个巴洛克式园林。比较出彩的地方，一是最高处的观景台，在那里能一览洛杉矶靠近海边地区的绝大部分，在强烈的阳光下，那个区域笼罩着淡淡的雾气；二是离观景台不远的那个中央花园，其中心是个环形水池，环有五层且层层都有缺口错置，环本身上种植的是极矮的灌木，有条人工的小瀑布将水流注其中，但水很浅……设计师似乎只是想让平面的水衬托着周围的各种密集的植物带，通道也是环形的，地面铺着砂石，据说是沙漠的象征。

盖蒂博物馆里也有个以梵高为主题的收藏展，但跟郡立美术馆的那个展览比起来，在学术上要差一个档次，更像是临时凑出来的，而不是梳理的结果。至于展场里的那些欧洲古代的宫廷画以及被整

体收藏的房间，反倒没什么特别的感觉了。令人惊诧的是，他们的
公共教育部门竟然有三十多人，坐下来一聊，才知道他们每年预算
惊人，从来不用担心资金的问题，有大量的志愿者在这里服务。阳
光，蓝天，这些不变的也会让人迟钝和疲倦。整整一天，一点变化
都没有的感觉。唯一的变化，是回来的路上，严重堵车，车子开了
近四个小时，才回到旅馆。睡了一会儿，才起来跟大家出去，到附
近的一家墨西哥餐馆吃了晚饭。餐馆旁边有个酒吧，非常的热闹，
里面塞满了人和喧哗的音乐，要买门票才能进去。

2014 年 6 月 14 日

　　环球影城。一个把好莱坞的经典电影充分产业化的地方。也是
建在了山区。不同的内容在山上山下交相呼应。这里的人潮涌动之
壮观，大概只有在国内的那些著名旅游景区才能看得到。除了山
下那些充斥着各类道具的仿真拍摄现场（比如地铁隧道里的爆炸，
未来水世界的主场景演出，等等），就是山上的一个个 4D 体验空
间了，当然里面的内容都是经典电影的精华。他们把能做的文章
都做到了极致，管理、服务和配套的各种服务设施也做到了最好。
对于到这里玩的人来说，基本上是不会有失望的感觉的。这里能让

所有游客迅速地幼齿化。一路玩下来，人人都很兴奋。但转眼也就过去了。

马力布峡谷，在洛杉矶西北部，离海边只有十来分钟的路。从未谋面的朋友老丁夫妇开车接我到了这里。他们的别墅建在半山坡上，后面都是丘陵，在夕阳的照耀下，所有的植物看上去都像是初秋的。老丁喜欢这里的宁静。但有时候太静了，也不习惯。我们站在那个小泳池边上抽烟时，他指着山上说，那里经常有狼群出没，有月亮的夜里，还会嗥叫，声音听起来很特别，并不可怕。这幢别墅完全是欧式的风格，以前是个德国人的，买下来时连同里面的很多油画也带着了。他们只是在周末才到这里来，平时主要待在洛杉矶南部的住宅里。老丁的父母亲住在上海。他喜欢红酒，美食，还有艺术。他说他不是很懂艺术，所以让儿子在纽约最好的一所艺术大学里学艺术。他的年轻妻子是沈阳人，正怀孕中，看上去神情有点奇怪。晚上，我们在附近的小镇上吃了饭，然后他让司机送我回来。整整开了两个多小时的车。我在车里很快就睡了过去，完全无法阻挡的困倦，在临睡着的时候，感觉自己的眼皮都已经石化了。司机是个五十来岁的香港女人，普通话有浓重的粤语口音。

2014 年 6 月 15 日

六点半出发，去拉斯维加斯。之前去过的朋友说"拉斯维加斯"的意思，就是沙漠中的绿洲。四个多小时的车程，沿途看到的却并不是沙漠，准确地说，是戈壁。植物主要是豚草和约书亚树，但并不多。城市的气息偶尔会在道路两旁的广告牌上和加油站里忽然显露那么一下。看上去并不大的拉斯维加斯，据说有一百多万人口。有幢金色的大厦，在阳光下闪烁着宁静的光芒，并没有多少张扬的感觉，仿佛就是这座城市的标志。每个酒店似乎都是巨大的，而且下面一定是赌场。我们住的那家算是比较旧的一家了，里面的空气里弥漫着某种地毯受潮的气息，房间设施也比较简单，让人有点意外的是空调就那么直接地搁在了窗口下面，发动起来响声惊人，冷气强烈得让人不习惯。起先并不知道我们是从它的背面进来的，那个贴着酒店建起的玫红色巨大半球型延伸空间令人印象深刻，尤其是在落日余晖里看它，很有种梦幻的感觉。天黑以后，站在背面的公路边，感觉很荒凉。直到几经辗转来到酒店的正面，才忽然间又回到了繁华的光圈里。这里的街道远没有洛杉矶干净。

他们都去逛街了，要去看几个最有名的酒店和赌场。本来也想跟他们一道去的，但是困倦又一次抓住了我，一点想法都没有了。回房间睡了一个多小时才缓过劲来。去附近的一个购物中心转了一圈，买了些衣服之类的东西。往回走的路上，人影稀少，已是当地时间晚上九点多了。地面时不时能看到一些广告传单。气温有点凉，但比洛杉矶要高一些。这里白天最高能达到三十多度。附近有家麦当劳，空间也很大，身在其中感觉有点像个大车间，汉堡是大的，可乐杯也是大的，顾客里有好几个高大的胖子。酒店底层的赌场确实大得惊人，不知道有多少个赌桌，不知道有多少台老虎机。客人并不算很多，但至少有一半是华人。在一个玩百乐门的小台子前站了十多分钟，看到两个五十多岁的中国男人在那里默默地押着注。其中一位很快就输了几百美元，仍然还在面无表情地押着。做庄的服务员是个东南亚裔的老女人，好像只会说两句中文：谢谢和好运气。她几乎每隔一两分钟，就会说声谢谢，偶尔会说声好运气。多数华人游客都是老年人。这个酒店有很多个分区，通道特别复杂，稍不留神就会走错了区，坐错电梯。

再次醒来时，已是午夜一点多。同室的小熊回来了，在光线幽暗的情况下仍然能看得出他的兴奋，赢了钱。他在洗完澡躺下之后，简单讲了逛街的情况……去了哪些酒店和赌场，街边的妓女如何跟他们打招呼……不知道是谁先睡着的，反正后面说的都不记得了。这个想象中过于奢华的城市，传说中的城市，你刚好待在了它最粗糙、安静的一面……在天蒙蒙亮的时候，当你关了空调，拉窗帘，看着晨光曦微里那些沉睡的建筑如何缓慢地重新裸露在天空下面，会觉得它像似正在变成了另外一个城市，你来到的，就是这里。

2014 年 6 月 16 日

去科罗拉多大峡谷。仍旧是早晨六点半发车，近五个小时的车程。这回看到了很多约书亚树，看上去像来自火星，样子古怪极了，远看有点像变异的仙人掌，枝干上满是刺羽状的表皮层，粗刺状的叶子则是一簇簇聚生在枝的末梢，构成了包满刺的椭圆球，仔细看起来，很容易让人联想到松树针叶过度膨胀的结果，无论是枝还是干，都源自这种膨胀的过程。这种树粗看起来都非常的相似，但稍微一仔细观察，就发现其实是千差万别。且不说细节吧，往上生长的跟下垂的就是两种样子，简直就像是两种植物了。特别是那些下垂状态的，特别像怪兽，每个都面目狰狞地俯视着地面上的什么东西，仿佛随时都有可能发起攻击。

两个小时之后，才到了中转站，要在这里换乘大巴。阳光仍然强烈，风沙很大，天空中有平展的淡薄云层。作为中转站的白房子很简单，有个大院子，两侧都有门敞开着，房子的后面是公用厕所，开着门，脏兮兮的，可是里面空调冷气开得很大。大巴要等人坐满了才能出发。一些人在以约书亚树为背景合影留念。一个穿深蓝制服的胖女人，悄无声息地从房子里转出来，在围栏边上点了支烟，然后把胳臂放在栅栏上，看着远处，默默地抽烟。很快地抽完了一支，然后又点了一支。等你转身背上包，再去看时，她已不在那里了。

　　整个大巴里坐的都是中国人。经过印第安人保护区的那段路车是要限速的，大约时速只能是四十公里。远远的能看到印第安人的房子，多数都有些简陋，还有他们的马匹，汽车，以及为数不多的一些牲口。只是始终都看不到人影。其间有一头黑色的野牛大摇大摆地穿过公路。天空中偶尔能看到鹰在盘旋。等看到直升机在很远处飞过时，导游说大峡谷就在前面了。美国人只是开发了大峡谷中很小的一段。真正要看到大峡谷的壮观，只有坐直升机才能实现，它会带着你深入峡谷深处，全程有一个多小时，需要花费一百五十美元。没人回应导游的询问，他也就明白了。我们坐班车上了大峡谷的高处。主要是到那个玻璃桥上体验一下凌空俯视大峡谷的感觉。

说是玻璃桥，其实并不是伸到对岸的，而是一个伸出到峡谷上空的底部是玻璃的弧形过道。面对上百米深的峡谷，即使是没有恐高症的人往下看，也会不由自主地有种不安的感觉。后来在峡谷边上的临时露天座位吃为游客提供的套餐时，吹着风，晒着大太阳，会有种很恍惚发呆的感觉……尤其是那些肥硕的乌鸦毫不怕人地落下来，吃人扔给它们的食物时，你会想，它们原来这么的黑。科罗拉多河只看到了一小段，在大峡谷深深的底部，露出那么一点灰绿的水光。

不到三点就上了返程的大巴。回到拉斯维加斯时，天还大亮着。时差反应还在继续。主要特点是，下午四五点钟、早晨、中午和临近午夜时，都会忽然就非常地困，睁不开眼睛。所以在车上就是不停地睡啊睡。回到酒店，倒头就睡。再醒来时，是凌晨三点多了。从赌场回来的小熊悄悄地上了床，在黑暗里沮丧地躺下。输了？嗯。

2014 年 6 月 17 日

上午九点三十五分起飞，去旧金山。拉斯维加斯的机场候机大厅里也有很多老虎机。美联航的支线飞机，比较小。《我们的时代》

差不多看完了。鲍德里亚的《美国》虽然应景，但看到一半也就放下了，再好的理论分析，也敌不过身在其中的体验来得丰富、微妙。不说别的，就说从拉斯维加斯飞往旧金山的过程看到的地貌变化吧，就很有意思……因为天空晴朗，能见度很好，且飞机的飞行高度似乎比国际航班低不少，看下面的景物就明显清楚了很多。比如有一片山脉，冷眼看时，发现山上有很多一块块的白色，很容易当成积雪，但细看时，却能从其光滑度和色调上看出并不是雪，更近似于石灰岩的感觉，会让你联想到这些山脉或许就是白垩纪形成的。其间还经过一个农业为主的不小的城镇，大片的土地似乎刚刚收割过，只是无法确定收割的到底是庄稼还是别的什么作物。我以为旧金山是个温暖的城市，实际上它比洛杉矶还要偏北，气温更低，日夜温差也更大……它三面是海，一面是山，受洋流的影响，海里深处的低温海水被推到了浅层，释放出很多湿冷空气，让旧金山经常笼罩着冷冷的海雾。在降落之前，能看到浓浓的海雾从西北方涌来，还有厚厚的云层堆积在天际，让你以为说不定下飞机就会赶上大雨呢。出了机场才发现，还是一片晴空。

市政厅是座白色的建筑，跟白宫应是同一个建筑风格的。广场上设有大屏幕，正在播放世界杯，巴西对墨西哥那场。很多身穿巴西队服的人挤在那里看比赛，不时吹着刺耳的喇叭。他们身后不远处，是几台流动餐车，有西式的简餐，也有日式的料理。旁边的大草坪上也坐了一些人，在那里吃东西，晒太阳。风很大，也很凉。躺在草地上，晒太阳，特别的舒服。他们都去参观市政厅了。我自己晒了半个多小时的太阳。很多鸽子，不时飞起落下，有游人在喂它们东西。还有一只海鸥混在它们中间，抢吃的。比赛结束了，至少还有一半人没有散去。其中有七八个不同年纪的男的在围好的小场地里踢起了足球。

旧金山亚洲艺术博物馆就在市政厅的对面。是美国西部收藏亚洲古代艺术品最为丰富的博物馆。简单会面之后，就是急匆匆的参观。东西太多了，都没法细看。重点看的是以佛教为主题的那一部分藏品，各种时期的佛像雕塑，多是南亚的，中国的，叹为观止。印象比较特别的，还有一个地方，就是专门为研究人员服务的一个小型图书馆，里面藏书出人意料地丰富，多是日本、中国台湾还有中国大陆的考古、艺术类出版物，包括一些重要的期刊杂志。图书馆馆长是位五十多岁的汉学家，据说是高居翰的弟子，以研究东亚绘画见长。他显然不是很喜欢站在陌生的人群里说话，或者说，跟所有爱书之人一样，他对忽然有一帮人涌入他这个只有书的小世界感到很不舒服。有点没想到的是，给我们做导览的那个华裔女士是博物馆的理事，她自己也捐赠了一批珍贵的藏品，在整个导览过程中，她始终都保持着很高的热情，讲到具体的藏品时，表情很兴奋，说话也很动情。看得出，她是真喜欢这里。博物馆馆长也是华人，旧金山市长、议长也是华人。

2014 年 6 月 18 日

　　位于金门公园里的德扬博物馆，建筑比里面的艺术品更有特色。正前方的外立面是铜的幕墙，但那种沉郁的古铜色调并非就此不变的，而是会如建筑师所希望的那样慢慢氧化变色，逐渐呈现出斑斓而又不失朴素感的颜色。从外门到里面的正厅门，要经过一个天井般的所在，让人在下意识地停顿的瞬间，有种穿越山洞时偶尔看到空隙里的天光的感觉。进入正厅时，能看到玻璃墙后面的露天小空场，以及上面植物掩映的花园。地下一层跟上面的两层衔接得自然流畅，空间的划分、展厅的动线设置也极为讲究，从现代到古典，再到远古时代的文物……艺术品大多数是美国本土艺术家的，也有一些欧洲的大师作品，比如达利的。但总的来看，精彩之作并不多见。建筑是一流的，但藏品和展览是二流的，其他方面都很专业。

其实德扬博物馆的主馆，是位于林肯公园内的荣军院美术馆。可惜因为行程安排的问题，没能去成。去过的朋友说，那里才是真正值得看的，有很多艺术精品，要看得尽兴，至少需要一整天的时间。他就去了两次，才觉得过了瘾。取而代之的，却是一个正在装修中的博物馆，它的仿罗马式建筑也算可观，旁边的那个小人工湖也算可爱，可是也仅此而已了，没什么特别的感觉。唯一比较有感觉的，是湖上时飞时落的那些肥肥的黄嘴海鸥，当其中的一只在离你不远处忽然悬停时，看着它的眼睛，以及它后面远处的白亮阳光，会有种临近梦境的感觉。在它们之间，还混入了一只鸽子。

渔人码头也有很多的黄嘴鸥，总是有人喂它们食物，很多游人懒洋洋地转悠着，晒着太阳。在这里，其实什么都不会想。包括稍后去看的市区里那条著名的九曲花街，还有金门大桥，也差不多是如此，这座整体上是倾斜状态的城市，似乎就特别适合晒太阳、发呆，别的都不重要了。回旅馆的途中，要经过另一座大桥。过了桥不久，就看到大片大片的收割过的浅褐色土地，司机说这土地是专门种草的，加州最有名的一种草，能用来造纸。其间还路过伯克利大学的附近，隔着那些树木和散落其中的建筑，远远的能看到山坡上的校区。我们的旅馆也在山边，离这里有十几分钟的车程。在房间里，能看到被阳光照得金光灿灿的平缓山坡。

他们说附近有个游乐场，开车过去五分钟就到。天刚黑，有几个人就去了。绕过一座山，有个商场，另几个人去了。下面的小游泳池亮着灯光，几个美国人和自己的孩子，在里面泡着。从旅馆里出来，左转，穿过一条小马路，在幽暗中走上几十步，就到了那个加油站，这里有个小超市。外面，有两个瘦高的黑人在打扫门口的空场。里面坐着两个胖女人，满脸倦意地聊着什么。里面的货品摆放得有些凌乱，有点像上海郊区的联华超市。买了包长支的骆驼。没有打火机。跟外面的黑人借火，点着烟，他示意你可以留着这个塑料打火机。在旧金山的最后一晚，也是在美国的最后一晚，睡得很安稳。

2014 年 6 月 19 日

旧金山机场的安检很宽松，连包里的打火机都没查出来。登机后，还有些恍惚的感觉。想想将要到来的十二个小时的飞行，心里先就累了。飞机起飞后，再也没有朝外面看上一眼。也不想睡觉，虽然疲倦的感觉仍旧浓重。前六个小时看书，差不多把带来的那些书都翻到了。后六个小时看电影，一共看了四部。因为时差，加之在这里每天都会跟国内的人不时联系，会有种时间错乱的感觉，甚至会觉得每天都是两天——准确地说，是两个不完整的一天的嵌合。

虽然只是转了三个西海岸城市，但也算是到过美国了。对这个国家有什么印象呢？从物价和收入上看，生活成本要比我们低不少。很多汽车，很多胖子。城市里都很干净。很多中国移民。这些都很表面。那些美术馆的硬件设施都很好，资金充足，人员配置完备，而且以中年人为主，综合素质和专业水平都比较高，教育部门尤其强大。还有个事情值得一提，是在旧金山看到的……我们在一个路口等红灯的时候，注意到马路对面的一幢楼前有一些人在排队，司机说，他们是无家可归的人，在等着政府的救济机构发放购物券什么的……他们都在警察局登记过，享受免费医疗，要是他们想去别的城市，警察局就会给他们办理相关手续，让那个城市接收，以保证他们继续享有救济。另外在洛杉矶时，司机告诉我们，市中心区域是治安最差的。这些非常有限的信息，能说明什么呢？能说美国人比我们活得轻松得多么？或许真正能下结论的，其实是：美国的空气比我们的好很多，美术馆比我们的好太多。至少十年内是没法赶得上的。

上海在下雨。

香港日记

2015 年 5 月 15 日，广州

飞机只晚了一个小时，这在雷雨连连的天气里已属幸运。可是在怡乐路上却被一阵急雨淋了个半透，这还是打着伞呢。钻到附近一条小路上的餐馆里吃了粥跟烧鹅，转眼就四点多了，赤着上半身，肩上搭着湿漉漉的衬衫，出来转到一家商场里，买了件 T 恤，这才算恢复了人样。《王元化晚年谈话录》的朗读会，在北京路旁边刚开的博尔赫斯书店里，是三楼。下面两层也是博尔赫斯机构的，正为做画廊而装修。书店里的风格一如既往，书不多，按字母排列，但也并不是很严格地按此放书，同一种书有些就被散放在不同的地方。说到王元化，之前曾看过他晚年的那部厚厚的《思辨录》，也翻过他谈《文心雕龙》和黑格尔的书，还有《清园书简》以及一本他跟夫人张可翻译的西方人评论莎士比亚的小书。想到他，就会联想到孙犁。孙犁是解放区里出来的作家，王元化是国统区地下党里出来的学者，解放后孙犁当过报社的中层领导，王元化则是新文艺出版社的社长，"文化大革命"后还出任过上海市委宣传部部长。他们虽然都不大喜欢胡风，也少与之有交往，但都被胡风案牵连，受到不小的冲击。孙犁一蹶不振，直到"文化大革命"后才恢复写作，但也因此跳出了意识形态的拘束；王元化的思想反思有两次，一次是胡风案后，一次是 20 世纪 90 年代，大体上算是想明白了。他们有四个共同点：一是都是党员；二是都曾深受鲁迅影响；三是坚持认为五四精神必须传承；四是拒绝质疑党本身。在孙犁还好办，因其晚年写作主要是"芸斋小说"和读书笔记，说人论史，把焦点对准了人性问题，避开了意识形态和政治层面，别人也不会觉得有什么问题。王元化的反思先是试图通过对卢梭、黑格尔以及传统儒家思想的梳理解决理性与逻辑的问题，后是聚焦于极"左"思潮的文化与历史的根源，但因为不能谈意识形态与党的问题，终归难免要坠入自相矛盾的困境。读书会上朗读的不只是《王元化晚年谈话录》的部分内容，还包括他晚年接受林毓生的一次访谈。林毓生其实主要关注的是作为拥有文化官员和学者双重身份的王元化这个比较特殊的知识分子现象，希望能从他的口述中找到些资料，而对他的思想本身兴趣并不大，也并不是很看重。《王元化晚年访谈录》里关注的则是学者间说长道短的八卦式是非。三个朗读者是按角色来分配内容的，所以听起来近乎戏剧，比较有意思。王元化在晚年，其实是既有开明，也有固执狭隘，比如在谈到胡风时，仍然会站在组织的角度上，轻蔑于胡风的无组织无纪律，虽然没少受罪，但也并不都冤，言下之意，还是自取其辱。另外在谈到钱锺书时，强调其虚伪，写信总是对人大加称赞，但背后却多有刻薄不厚道的言辞。王元化一生反思再三，却没能想明白一个简单的道理，一个骨子里非常骄傲的学贯中西的传统文人，在乱世求自保的情况下，怎么可能表里如一？在评论钱锺书这件事上，王元化恰恰暴露出其眼光心胸终归都还有限的本质。知人论世，论世知人，如仅仅凭私意度人，如何能做到真正的知人？王元化这样历经坎坷善于反思的学者尚且如此，何况别人呢？

2015 年 5 月 16 日，香港

出内地海关，入香港海关，并没有花费多少时间，还算顺利。比较让人觉得搞笑而又无语的是，过香港海关时，关检人员除了核实通行证之外，竟然还要求车中女士挨个自按腹部，以证明自己没

有怀孕，就连身材瘦小腹部平平的都不放过。但说到底也怪不得人家这样斤斤计较，换位思考，就可以想见，近年来跑到香港生产的内地女人估计也是数不胜数了。极端的措施，常常是被极端的情况逼出来的。车入香港，看着连绵的山，山上密林般的高楼，横跨江海的大桥，感受着潮湿闷热的空气，会觉得香港其实有点像重庆。进入市区之后，才意识到香港确实远非重庆可比，上海也比不了，这里的建筑密度之大是令人惊诧不已的，人流的密度就不用说了。高楼大厦之间有的只是空隙而已，很少能看到有宽阔的天空的地方，走在其间，不管在哪里停下来，仰头一望，近乎窒息。只有在忽然看到海湾时，这种感觉才会稍微缓解一点。走在那些连接大厦的有顶的过街天桥里，会有种盘根错节的感觉。巴塞尔艺术博览会所在的会展中心，与其说是个巨大的展览中心，不如说是个被充分复杂化的浦东机场候机楼，它太大了，以至于只是看了三楼的一大部分画廊展览，就花掉了整个下午的时间。这一层楼的画廊几乎都是顶级的，能看到很多现当代世界级艺术大师的作品。最后还没完全看过，就走不动了。随便找个地方吃了晚饭，大家就搭地铁去了铜锣湾的诚品书店。它跟台北敦化路的那家诚品书店的格局大体相同，也是二十四小时开放，临近午夜时还有很多人。我把上次在台北诚品没买的书都买了。老吴因为飞机遇雨延误，直到十一点多才赶到我们住的港岛皇悦酒店。他说跟上次一样，飞机在降落的过程发生了异常强烈的颠簸，吓得乘客们不断地尖叫。

2015 年 5 月 17 日，香港

他的脸上爬着一条大虫子，至少我记得是这样的，所以我才会起身伸手拍向他的脸，就在手掌即将碰到他的脸时，我突然醒了，是被自己的这个动作惊醒的，我在黑暗中看到了他的脸，他是仰面躺着的，而他的脸上什么都没有。我想我的手是收住了的，可是后来他说我的手还是碰到了他，是脸的一侧，被刺痛了一下。当时他问我几点了，我说是九点十分。在我自己的记忆里，这个场景却被留在了天亮之前，四五点钟的时候。这个酒店房间的遮光自然是好的，外面又是群楼遮蔽，外加阴雨天，是以九点多时在室内感觉还是黑天。我们睡到中午才起来，吃过饭去会展中心继续看巴塞尔艺术博览会。途中顺道还去看了演艺中心，老吴说的根据卡尔维诺小说改编的芭蕾舞剧《马可波罗》是有的，可是只有一张票了。今天主要看一楼的展览，也就是亚洲和中国的艺术家部分。与三楼的那些欧美经典艺术家作品比起来，中国当代艺术家们的想法似乎更多，但也更粗糙，风格里掺杂着各种西方前辈们的影响。就像说英语，

中国艺术家们的语音是南腔北调式的。

香港的茶餐厅、小吃馆，之前曾引发过多少想象啊，可是吃到今天，已近乎无感了。晚上在鸿星吃到九点多。这家店里的服务员多为中老年。吃过饭，就跟着老吴走，坐地铁，去旺角那边。那里的热闹程度还是有些出乎意料，夜里十点多了，还是人潮涌动的状态，当然多是年轻人。有家小书店，叫序言，我们在那里一直待到十二点多。又是十来本书。比较意外的一个收获，是买了单之后，临走前，忽然发现的萧公权那个精装本《中国乡村》，厚达703页，是《萧公权全集》的第六卷（共八卷）。这个书店真的很小，但仍然设了几个座位，外加一面大镜子，避免了压抑感。书不多，鲜有难见之书，但也还是有得挑。其间发现了一套高行健的戏剧集十卷，还有国内没见过的汝龙译《罪与罚》，犹豫再三，还是放下了。对前者虽然比较好奇，但这些年来始终没有产生足够的兴趣。后者呢，汝龙虽说译契诃夫成名，但自从上次对比了刁绍华译《萨哈林游记》之后，就觉得也并非有想象的那么好了。离开书店，又去吃了宵夜。再出来时，已是凌晨一点多了，没有了地铁，只好打车回旅馆。下车时，发现路旁停着一辆警察的冲锋车，一群警察围着一个被打伤的老外，头已包扎好了，地上能看到血迹，他走起路来还摇摇晃晃的，但显然不是因为受伤，而是因为喝多了。在对面的那些酒吧门口站着一些打扮得十分妖艳的姑娘，看样子都是东南亚的，并不好看。转角处的那个酒吧外面站了很多老外，里面也塞满了人，大屏幕上正在转播一场欧洲的足球赛。这一天又过去了。想想这两天对香港的印象，就觉得那些林立的大楼其实就像蚁穴，而密集忙碌的人们就像工蚁一样跑个不停。因为密集，所以忙碌。道理就这么简单。

2015 年 5 月 18 日，香港

追踪者终于还是出现了。他的样子冷峻甚至不乏帅气，三十多岁，身材高大匀称，一身黑色的西装，黑色的领带，皮鞋亮得不时闪光。通过仔细观察，你发现他其实是个高智能的机器人，身体是金属制成的，任何一般意义上的打击对于他来说都没有作用。他没有戴墨镜，但你知道他始终在注视着你，神情异常的平静，虽然一语不发，可是成竹在胸，似乎无论如何你都躲不过他了。你站在人群里，当然人并不算多，总有七八个吧，散布在你的周围，你知道这跟只有你自己几乎没有区别。只是你并不怕他。你身轻如燕，可以轻易地用几个跳跃甩掉他的追击，完全会出乎他的意料或计算。想到这些，你悠闲地走开了，你知道他在跟随，在附近的那个公园

旁边，你开始了轻松地跳跃……只是最初的两次，你就摆脱了他，你的脚点在那些茂密的树枝中，飞跃的距离超乎想象，以至于当你甩开了他之后，还有心思返转回来，神不知鬼不觉地落到他的背后，伸出手指头，是食指，在他的脸颊上轻轻地弹了一下。你果然听到了金属的回声，然后你心情愉快地又一次跳跃起来，脱离了他的视线。这种一切尽在把握的感觉真是惬意极了。这种感觉直到你醒来时还残留着。

去中环。是两点多出发的，坐地铁，过了海湾。在中环的电影院买了五点多的票，戈达尔的《中国姑娘》。三点多吃了第一顿饭。接着去了附近的高古轩、汉雅轩和白立方。高古轩展的是贾科梅蒂的速写、版画和雕塑。汉雅轩在展谷文达。作为国际画廊，高古轩的品位和水准是一流的，画册制作精美考究。汉雅轩和白立方都印象一般。谷文达的作品毫无意思。而白立方展示的一位老外艺术家用超市里的废弃物拼贴的作品也没多大意思。老吴说的那家佛学书店已不复存在，上个月还在。戈达尔的电影不错，比较费劲的是英文字幕，多数时候不知道演员在说些什么……画面很美，一些场景完全可以作为行为、装置作品参加当代艺术展。老吴、小静、阿粲和我，四个人在天星小轮码头坐船过了海湾，去油麻地那边看另一场电影《伊朗式离婚》。电影院旁边就是库布里克书店，在电影开演前进去买了些书。虽然不大，但这里的书还算不错，排列方式跟诚品相似，翻译书跟原版书间杂陈列。

《伊朗式离婚》写的是在法国的伊朗移民的生活，男人从伊朗飞到巴黎，女人来接他，出机场上车前被一场暴雨淋到了，到家里，才知道他是应她的要求回来离婚的。她的家在远郊，他来时在院子里看到了一男一女两个小孩，但都不是他的孩子，女孩是她跟前夫的，男孩么，则是现在跟她同居的男人的。她没按他的要求给他订旅馆，而是让他住在家里，并且让那个男孩跟他睡在楼上，那里有个上下铺。男孩不喜欢这样，对他充满了敌意。她的正在读大学的大女儿每天总是很晚才回来，这个女儿跟小女儿是同一个父亲，现在比利时的一个男人。从这个女人的口中可知，他是个让她非常痛苦和失望过的不守约的男人。四年前他为什么会离开她？始终都没有答案。接下来，这个男人用一顿室外烧烤跟两个孩子成了朋友。他还做了顿丰盛的波斯晚餐。大女儿回来得确实很晚。显然男人以前在的时候跟她相处得很好，不然女人也不会要他跟她谈谈，她觉得女儿出了什么问题。聊的结果，就是她不接受妈妈跟那个男人结婚。理由是那个男人的妻子因为这场婚外情而喝洗涤剂自杀，被抢救了过来，但变成了植物人。夜里，男孩跟男人都睡不安稳。男孩起夜上厕所时，要他陪着。这时候他发现，另一个男人已经出现了。次日的离婚很顺利。但大女儿跟他道出了一个严重的秘密，那个女人之所以自杀，跟她盗取了妈妈跟那男人的恋情邮件并转发给那个女人有直接关系。他引导她面对现实，把这个秘密说给妈妈。这当然让妈妈崩溃并歇斯底里。但女儿说那个给她邮箱的女人有口音，这个信息让她妈妈的现男友发现了问题所在，因为他妻子是法国人，不可能有口音，他发现把妻子邮箱给这个大女儿的其实是他洗衣店里的那个从伊朗偷渡过来的女人。通过当面质问，他才知道妻子其实一直怀疑他跟这个伊朗女人有染，强烈的憎恶让她失去理智，有意制造了一起衣服被染色的事件，跟顾客发生了激烈争执，以至于引发了顾客报警，其真正目的，是想让警察带走这个偷渡来的伊朗女人。但她没想到的是，自己的丈夫站在了他的老乡一边，把她的行径当成了无理取闹。这才有了后面她利用大女儿发邮件刺激那个女人自杀的事。真相大白之后，现男友陷入了深深的自责中，他决定想尽办法唤醒植物人状态的妻子，于是就把家里的香水都找出来，带到了医院。最初来离婚的男人完成了自己能做的一切，跟一家人道别，本想告诉女人，当初自己为什么会离开她，但她拒绝听。她已跟女儿和解了。结尾是那个男人在医院里让妻子闻香水，并且说如果她听到了，就紧握他的手，当然，她流下了泪水，并且真的就握紧了他的手。这个颇为煽情的场景，最后停在了洁白的被子和两只紧握在一起的手上。其实这个结尾是明显多余的。电影的主题其实就是真正的爱、误解与某种意义上的谅解。人有多么脆弱，就有多么的容易彼此误解。即使是所谓的爱情，也会在现实面前显得不堪一击。那个女人之所以搞婚外情，是因为她想忘了那个远离她而去的他，因为他们长得很像。揭出这个秘密的，却是那个妻子自杀的男人。他以为妻子不爱他了，所以才会出轨，结果却发现妻子爱他爱得近乎疯狂。作为法国人的那个妻子，没能让自己的男人知道她的爱。同样，同为伊朗人的那个女人，也没能让自己的男人知道她的爱有多深。等到这两个男人明白过来时，一切都已经来不及了。两男两女，三段恋情，最后都是破碎难复。就算有最后的那抹亮色，也是于事无补了。这个电影原名是《Past》，过去，动词，最后的结果确实是一切都过去了，留下的只有深深的遗憾。这部电影的本子编得相当的细腻缜密，于平常小事中见出作者对于人内心世界的精微把握，展现得也很自然平实，又是环环相扣，非常的紧凑。把妻子自杀作为核心事件设置在电影的中部，后半部分用来揭密，引爆了前面设置的种种伏笔，可以说叙事技巧相当不错。

我们在油麻地的翠华餐厅里吃的宵夜。大家胃口都不错。阿粲的样子确实就像个学生，但不像研究生，而像个高三学生，她长得太小了，文静弱弱的样子，说起话来总是低声细气的，当然她的话很少。看电影的过程中她不时地走神，想着心事。吃饭时，她有意向"前辈"们讨教生活的道理，但听起来更像是一种礼貌的问询，而不是真的想问点什么。谁会真的把自己所想说给人听呢？几乎没有人会的。她也不会。看电影的时候，我跟小静也在时不时地看着手机，发着短信或微信，心情都有些复杂。可是出来时，她讲的却是对电影的某种不满意。这并不是她的真实想法吧。有些事情确实已经过去了，但牵扯的心情，还是会延伸下去。在电影院里的幽暗中，几次看着她的侧面，真的有种很陌生的感觉。我看的过程中几次觉得胃里有些抽搐的不适。显然她也是很不自在的。有些问题，已经没法再去探讨了。明天就要离开香港了。吃完饭已经是凌晨一点半了，阿粲想打车回学校。我提议她留下来，跟小静住，明天再回学校，她立即就答应了。在回来的出租车里，她睡了一会儿，把头靠在了小静的肩上。司机是个老帅哥，脸刮得很干净，白衬衫整洁，车上的收音机在播放的似乎是百老汇的歌舞剧。前面一排的空调出口，插了些白色的花朵。临下车前，我问他是什么花，他恍然醒来似的转头用粤语问老吴，白兰花怎么说？就是白兰花吧。是不是很香呢？

他又问我。我说是啊，很香。他觉得这样的香气会让人觉得很舒服。说完，他又嗅了嗅。其实，我并没有闻到花的香气。我只是趁他不注意时，偷偷掐了朵花，放在鼻子边闻了闻，有一种甜香。

2015 年 5 月 19 日

跟老 W 一起转到了另一家小旅馆。房间虽然小，但很干净。落地窗的视野很开阔，下面的街道看上去很完整。下午阿 C 继续陪着我们去铜锣湾逛书店，很小的两家书店，里面可选的书也非常的少。回来的路上，有几场不大的阵雨。在一个路口，等老 W 购物的间隙，跟阿 C 站在垃圾箱旁边抽了会儿烟。有风，抽不出烟味儿。香港到处都禁烟。吃过晚饭（阿 C 要请我们大餐，我们就选了家小馆子，要了油条、豆浆、肠粉之类的，吃了个饱），阿 C 就坐地铁回学校了。这孩子这几天陪我们走了很多路，估计累得不轻。

2015 年 5 月 20 日

大晴的天。这在雨季的香港实难得见。九点多坐出租车去机场，一路上算是清楚地饱览了香港这座城市的样貌。香港确实很小，山很小，海湾也很小，但它有着复杂的折叠结构。走在街上会觉得有着数不尽的曲折回还、屑细枝节，可是坐在车里，这一切就都简明化了，仿佛只有一条路在延伸出去，四十来分钟就到了机场。有意思的是，机场的结构也跟这个城市很神似，远看并无什么可观之处，进入其中，却发现还是挺复杂的，从过安检到抵达登机口，竟然也要搭一次机场内部地铁。飞机起飞的过程中，摇晃得很是剧烈，倒是有益于入睡。

台湾行记

2015 年 11 月 14 日，台北。

　　八点二十起飞，意味着你一大早就得从床上爬起来。飞行一小时二十分钟，则意味着随便数数云朵也就过去了。没想到却睡了非常安稳的一觉。睡了很久，一点梦都没有。醒来时，东航的空姐们正发放简餐。发觉只睡了二十多分钟。余下的时间里就再也睡不着了，一直侧歪着头，挨着舷窗右侧的边缘，朝下方看。台湾海峡的上空，什么都看不到，除了散碎的云朵，就是近乎无限的蓝。不知道看了多久。在一阵气流颠簸过后，发现蓝色稍微深些的极远处，出现了微小的一道弧形痕迹，白色的，是船。在这样的高度上，还能看到它，应是艘很大的轮船了。没多久，它就消失了。后来又看到几艘小一些的，要是不仔细看，都看不到它们的尾迹。当飞行高度逐渐降低，而海面上出现一阵阵灰白色垃圾似的成片东西时，岛的暗绿边缘开始显现了。

慢慢地延展，越来越立体……不大的港口，墨绿的丘陵地带，网状的公路，蚂蚁般的车辆，越来越密集的楼房，一些棒球场的草坪，不断弯曲着穿城而过并在入海前汇聚在一起的淡水河与基隆河……进入市区上空之后，飞机在空中划出了一个巨大的 U 形路线，松山机场就出现了。它看上去小得让人有些意外，好像只有一条跑道。飞机的起落架触碰到跑道的瞬间，你甚至有些怀疑这跑道到底够不够长……右前方不远处，就是那幢经常在节日里燃放烟花焰火的101 大楼。在飞机缓慢滑向停机楼的过程中，给某个朋友发个短信说，原来台北是个海边城市。其实更准确地说，它是夹在大海和丘陵之间。

宾馆在忠孝东路，就是童安格的那首歌里唱到的那一条路。路面狭窄，车辆倒不算多，最多的是那种小型摩托车，本地人叫它“机车”。两百多万人口的台北，光是机车就有一百多万辆。高峰时段，差不多每个路口都会出现一种奇观——红灯一变成绿灯的瞬间，数不清的机车就会忽然从那些还处在静止状态的车辆间隙里轰然而出，冲向前方，同时发出强烈的轰鸣声，就像有人把蜂巢里上万只黄蜂同时飞出时的声音放大百倍。台北的建筑多数看上去都比较陈旧，可是并没有让人觉得有暮气或落伍的味道，而且很干净。随便走在哪条街上，看到的好像多数都是年轻人鲜活的面孔，只有出租车的司机多为老伯级的。负责安排行程的L早在机场时就特意提醒我们，这里管司机叫大哥，不叫师傅，最好不要跟司机聊政治。另外，在台北只有在能见天的地方可以抽烟，否则抓到会被罚上一万台币。用脑袋里刚装好的"1：4.8"软件，很快就算出了人民币是多少。

敦化路的诚品书店就在宾馆侧后方不远处，门正对着路口。二十四小时营业。这才是第一天哦，L的台普腔继续提醒我注意，不要一下买太多的书，不然的话，后面看到更好的书时你就发现箱包都已经装不下了。有道理。结果就是我花了很长时间在诚品书店里做着加减法，先是挑出了很多想要的书，捧着它们慢慢地逛来逛去，然后再按眼热的程度分级，把可以暂缓买的重新放回到书架上去。当然最后还是买了十几本。这家诚品书店有个特点，就是书的中英文版本是混放在一起的，找起来很方便，看上去也很舒服。离宾馆南面不远的一些小街里，有很多日式小酒馆。晚上跟爱东找了几家都是爆满，后来干脆找了家在地下室里的新张小店，我们到的时候，里面一个客人都没有。墙上挂的那些有明显拼贴风格的古怪的丙烯画竟然不是仿制品，但这并不代表它们跟此处的装修格调很合适，从桌椅、地板，到其他一些装饰物，包括灯光，都有种匆忙做出来的感觉。唯一经得起打量的，只有那个狭窄的开放式厨房。老板、厨师、服务员围着我们转了半天。鱼生量虽然少得惊人，但品质相当不错，烧酒的味道也挺好，这导致的结果，是出来后觉得根本没有尽兴，就穿过几条街，又找了一家街口的小店。那种专门的串烤店。气氛很是热闹，都半夜了，还坐了不少人。随便点了些东西，叫了几瓶啤酒，直到我们都感觉有些晕乎乎的，才买单离开。总的来说，台北是个没有陌生感的城市，是个不管白天黑夜都会时不时忽然发出嗡嗡响的城市，夜里也会有类似的只不过是另一种风格的响声，来自众多热爱夜生活的人们。

2015 年 11 月 15 日，台北。

重庆路那边有啊，L 听说我跟 A 要去逛书店，就大声说，那里有很多旧书店。车子把我们放到路口，我们一路走过去，感觉前后左右的路，都有点像上海的福州路。其间在一家偶然发现的佛教小店里，买了"谛观全集"里的两册，是关于金刚经和心经的，另有一部释印顺的。所谓的重庆路上，确实是有一些书店，但都很普通，这种感觉几乎从走进第一家的门时就确定了，没嗅到什么特别的气息。没走两家，A就跑开了，说是要去买手机。这时候天已经黑了。从下飞机，他就像中邪了似的急着想去买个新手机，今后几天，这个念头以及相关的行动会一直纠结着他，直到终于买了为止。而我在胡乱转过几条更为狭窄的街道，然后钻进一辆出租车去台大那边的时候，看了看外面晃动的光影，我忽然有点怀疑自己刚才去的到底是不是重庆路。

台北的姑娘好像都是纤细、小脸的样子。在台大对面的诚品书店里的外国文学书架前，她们三个一直站在那里聊着。听起来都是台大的学生。其实主要是她一个人在说。好像是又要开始"大选"了，她父亲要竞选"议员"，她得陪同去挨家挨户拜票。台大的校门，没有什么高大门楼、保安警卫什么的，连灯光都没有装饰一下，就那么暗暗地待在那里……里面好像有草坪？没看清楚，或者有的只不过是阴影的明暗变化而已。偶尔有三三两两的学生慢慢地走出走进。大约有半个多小时左右吧，就坐在书店旁边的挨着马路的长椅上，不时会扭着脖子，往校门那边望上两眼。而对面的珍珠奶茶店里的那两个小姑娘，则好像在不时打量着你。从她们的角度来看你，应该刚好能看到灯光正是在你的脸上开始变得暗淡的，而你看她们的脸，则会因为背光而变成两个很小的暗影。实际上等你适应了灯光之后才发现，她们其实始终在看的是过往的行人，而不是你。那个父亲要竞选"议员"的女孩，跟那两个同学站在诚品书店门外，又聊了一会儿，这才骑上自行车离去。不远处的联经书店里，找到了两本几年前出版的格雷厄姆·格林的小说，其中《喜剧演员》内地还没有译本。按照老 D 发给我的那套书店攻略，还有好多家不同类型的书店可以去。

白天，先是去了趟台北故宫博物院，但只看了个关于乾隆的主题展和达·芬奇传奇特展，另外还看了些不同时代的书画作品，整个感觉比较平淡。观众是逐渐多起来的，最多的地方，据说是存放乾隆时代的玉白菜的展厅，整个楼梯走廊里都排满了游客，等着观看。看看这些人，就不想去看那棵白菜了。此前传说中的那些传世精品，据说都没有展出。多少还是有些失望的，当然，对于爱东来说则更是失望之至。他甚至有点不相信会这样，去找人打听了半天，也没有得到什么令人感到安慰的消息。而那个达·芬奇展，只有三四件作品很好，其余的都是无足观矣，比较不好的，是展览现场作品呈现的方式，有种让人意想不到的俗气，调子完全不对路。

联想到乾隆主题展最后的电子互动部分那种娱乐过度的状况，这种不着调也就没什么可奇怪的了。台北故宫博物院的建筑，整体上是青蓝色的，这是比较让人不知所以然的特征。似乎也是有意区别于北京的故宫博物院，是青天颜色的一种变化，以示出身之纯正。

阳明山并不高，但还是很特别的，因为有活的火山眼。中巴车载着我们七转八转地爬上了山，没等下车就发现已是身在雾中了。雾里充满了浓重的硫磺味儿。L说只有在没有雾的时候，才能看得到那个火山眼，八月里他来这里时就没有雾气，可以清楚地看到山下不远处的火山眼在吐着气泡……现在是气温降低的缘故，生出很多的雾。在这种带着古怪味道的浓雾里，看周围的一草一木，都有种非常奇怪的感觉，仿佛它们生在另外一个时空里，只跟你隔着一层玻璃，个个都笼罩着深深的寂静，注视久了，会有种错觉，仿佛它们其实是存在于你梦中的，你不能去触碰它们，否则的话就有可能忽然醒来……所以当你从它们旁边轻轻走过时，会有种莫名的窃喜，因为什么都没有受到惊扰，一切都各得其所。这里游客很少，偶尔能看到几个当地的年轻人，骑着摩托车上来，或是已经看过了风景，两个人坐上摩托车，低声说几句，尾灯红红的一阵闪烁，发动机发出沉闷的响声，转眼就消失在雾里。从雾里出来，慢慢地钻进车里，真有种恍然如梦的感觉。下山时天色已晚，过了半山就没有雾气了，刚好看到远处红红的一点落日。

在山脚下吃过饭，就去泡温泉。选的是一家日式风格的。其特点，就是朴素，格局倒并不大，整体都是木制结构，屋顶下两边都是通风的。刚进去的时候，看到六七个泡在温泉池里的男人，几个中老年的都有纹身，两个年轻的，都面无表情，坐在那里动也不动，看上去会让人有种错觉，感觉像是忽然进入了北野武电影里的某个场景。水很热，窗口黑洞洞的，泡得热了，爬上去，从窗口往外面看，才发现下面就是奔流的溪水，在深涧的周围和对面的山上，长满了各种枝叶繁密的树木。在这样的环境气氛里，似乎只有不声不响地泡在温泉里才是得体的，哪怕随便说句话都是不合时宜的，甚至是有些失礼的。有几个老爷子，把身子泡得通红之后，就直接下到旁边那个小一些的冷水池里泡在里面，过一会儿再出来，回到热水池里再泡一会儿，然后再去冷水池里迅速地泡一下，这才去冲淋浴。在热水池里泡久了确实会吃不消，又不敢去冷水池里试一下，只好爬到窗口，向下面的溪涧张望一会儿，听着溪水声，吹吹柔和的夜风，也是非常惬意的事。

2015 年 11 月 16 日，台中、台北。

台中的台湾"国立"美术馆。三个小时的车程。高速公路的两侧多是低矮的丘陵。"国立"美术馆在台中西区的 65 号公园内，占地据说有三公顷，是个巨大的方形建筑，外壁装饰着天然石片。正在展出的主要是"亚洲艺术双年展"。在里面前后转了一个多小时，有些印象的基本上是一些南亚国家比如印度和巴基斯坦艺术家的作品。整体上说这个展览并没有让人太惊讶的东西。其实此行的主要目的是考察这个馆的艺术教育。他们用来做儿童教育活动的空间还是很大的，内容的设计和人员的配置也比较到位，据说当地人的参与度很高。这一点恰恰是国内美术馆比较弱的地方。

晚上进入台北境内后，又去新店那边泡温泉。这里也是在山区，下面也有溪涧，只是温泉馆的风格完全是另外一种了。里面墙上地面都镶着马赛克瓷砖，灯光也是白色的，整个上给人以冷冷清清的感觉。休息的地方正对着山，而且是没有墙遮挡的，那里摆放了一排白色的躺椅，还搁了些满是美女头像的图多字少塞满广告的时尚杂志，躺在那里没多久，就感觉有点凉森森的，其实今晚这里的温度跟昨天的差不多。在这里泡温泉的人很少，偶尔看到几个，似乎也是匆匆来了又匆匆地走掉了。这里的温泉水也没有什么硫黄的味道，跟普通的热水似乎并无区别，但后来看资料才知道，这也是温泉的一种，并非烧自来水充数的。来之前，好像下过了雨。外面有明显的湿气，昏暗的灯光边缘，掩映着很多树木，都不认识。在温泉馆外面的天台上，能看到远处的山谷，虽然天很黑，但仍能看出山谷的轮廓，两侧的山上，还有星星点点的灯光……其中的某个山坡上还竖立着发着红光的十字架，这两天即使在乡间山路上也能不时看到一些小教堂，这跟走在城里街道上不知道什么时候就会忽然冒出个规模很小但样子张扬夸张的土地庙、娘娘庙的场景构成了奇怪的对应。

临近午夜的时候，乘出租车经过南京东路那边，发现这条路倒是很像大陆城市里的路，除了比较宽阔之外，它有三分之一的路面被挖开了。当车子迅速地驶过这条路，而周围远近的灯光在流动中有种恍惚的印象时，随着困倦的忽然袭来，在眼皮的时张时闭的间隙里，你甚至会误以为这出租车直接把你们送回了大陆。

2015 年 11 月 17 日，台北。

　　车子行驶在濒临海边的公路上，越慢越舒服。公路其实是蜿蜒在丘陵的边缘。风并不大，但仍然能看到一些小簇的白浪一道道地浮现，并不急切地涌到海滩上消失。海鸥很少，只看到两三只。当车子再次钻入山里继续向上，没过多久，就看到了朱铭美术馆，这是以艺术家朱铭一己之力建造并支持的私人美术馆。他主要是做雕塑的，因此这个馆的主要艺术形式是雕塑也就不奇怪了。馆外是个依托山势修的雕塑主题公园。在馆内我们只停留了不长时间，多数时间是在外面转悠了。美术馆后面的山顶上，远远的能看到一座很大的陵园。旁边是邓丽君的墓园和纪念馆。这里的所在，是台北县金山乡西湖村西势湖。但从美术馆出来，一路回去，也没有发现有湖。

　　国父纪念馆的侧面，有好多不认识的树木。树林里隐藏着可以弹烟灰的垃圾箱，还有长椅。这座建筑的样式感觉，跟孙中山这个人的思想状态倒是贴切的，是传统的建筑模式的西式改进，所用的主要材料是水泥、砖石，木材很少，因而在外观上会给人以线条冷硬的感觉。里面挤满了成团的游客，大陆的居多，而且多是老年人。他们都在围观守卫在里面的"宪兵"换岗仪式。比起天安门前的升旗仪式，这个换岗仪式实在是纯粹的花式的，是专门表演给国父检阅的。所以在旁观者看来，就显得过于夸张了，他们实际上是相当于把可以很快就做完的动作分解成慢动作，一下一下地展现出来，以实现他们所需要的庄严肃穆而又华丽的效果。

晚上去逛一条很热闹的夜市。离入口不远处，有家基督教书店，在里面看到一种袖珍本《圣经》，跟那个容貌端庄的女店员说好，出来再买。等我们转出来时，发现书店刚好关了门，女店员锁上卷帘门，起身坐上一旁等候多时的男友的摩托车，戴上头盔，车子发动，轰然而去。而之前在那条过于热闹的夜市里，我们什么都没有买。其实这种夜市跟内地几乎没什么区别，除了挤得要命的人和让人眼花缭乱的小商品，还有那些小吃，也就没什么了。出来时，在一水果摊前站下，老板娘热情地让尝一种水果，清甜可口，要么？来几个吧。麻利地切好，过秤，装入塑料袋，顺手把几枝长竹签也放入其中。我们边走边吃，刚吃了一口，就愣住了，怎么跟刚才吃的完全不是一个味道，这是什么啊？芭乐，也叫番石榴。那我们刚才吃的也是它？真的是一样的么？完全没有印象了。我们面面相觑地站在一个路旁垃圾桶边上，耐心把它们都吃了下去，忍住笑，故作淡定地说，你还别说，也还是有点特别的味道的。最后仍旧免不了大笑三声。

201 年 11 月 18 日，台北。

台湾"国立"历史博物馆并不大，据说当初（也就是新中国成立前）主要是接收了河南省博物馆的文物以及战后日本归还的部分文物。到这里主要是来看莫奈大展的，有四十几幅原作，但展览空间偏小，作品密度明显偏大，对于每幅作品的展览效果还是有些影响的。如此近距离地看到莫奈各个时期的作品，确实能感觉得到他对后世艺术家的影响到底有多么的多和具体。他影响了很多后辈绘画大师的创作。想起了他的那本书信集，以及信中对于贫困生活的描述……他的生命力太过强大了，活了那么久，而且多少让人唏嘘的是，在晚年有段时期，他得了白内障，在别人反复劝说下不得不对其中的一只眼睛做了手术之后，虽然重现光明，但那种视觉上的新状态又因为跟以前太不一样而让他非常地受打击。假如没有人告诉你这些的话，只是面对那些画，是不大可能看出这些长期困扰着他的眼疾问题所造成的影响的，可能不管画面是什么样的，你都会自然理解为风格的变化。

九份并没有传说中的那么有魅力。在台北县瑞芳镇，是台湾东北角最有名的老街。它依山势而成，面对着大海。走在狭窄的街道上，感觉跟朱家角相似，但明显比后者高一个层次。传说中的芋圆确实美味，试过红豆和老姜两种口味都很好。坐在店家露台上，边吃边眺望远处的海湾，吹着稍微有点凉意的风，很是惬意。比这个更好的，是偶然发现的一个民居式旅馆顶楼的茶室。小楼梯三转五转的，就到了最上面一层，是个自家搭建的玻璃房。到这里才发现，街上的喧嚣声一点都到不了这里，出奇的安静。坐在窗边，能看到整个海湾，左侧能看到不远处的山，以及山上的墓园。乘车过来的那条山间公路，在这里望去只剩下短促的一小段，夹在山峦之间。老板给我们泡了壶茶，就走开了，任由我们敞开窗户，抽着烟，剥着烤花生吃，什么都不讲，就望着远处的海。好像只要在这里坐上一个小时，整个台湾之行就会变得非常的饱满而又悠长。左右两侧的三间客房，直到天色将晚时才先后上来客人，一对台湾的姑娘，两伙大陆的女孩子。其中后来的三个大陆女孩，在日落天黑的那段时间里，跑到比我们更高一层的屋顶露台上，摆出各种造型，用手机没完没了地拍照，直到天色完全黑下来，周围的灯光纷纷亮起时，她们才下来，回房换了身衣服，下楼逛街去了。这里附近的灯光也很美。但最耐看的，是离港口不远处的海面上停泊的那些船的灯光，都是白亮的。尤其是它们刚刚浮现的时候，看上去就像成群的萤火虫似的，无声无息地闪烁着光芒，以至于它们都下锚停泊在那里了，你还在期待它们继续再靠近一些。

L说西门町是台北最热闹的地方，也是年轻人最多的地方。但从那里的结构来看，倒是挺像我们抚顺的东四路那边，只不过是几条路交叉的地方更宽阔些。确实有很多年轻人。周围远近商场里发出的灯光跟为数不多的街灯光影交织在一起，变成不时泛动着光怪陆离的白亮光影，并有着颜色幽深的网格的松软之网。我们在路口看了两伙业余歌手的演唱会，唱得虽然也还一般，但现场的气氛相当不错，一伙是配齐了男女主唱、鼓手、键盘手、贝斯手，甚至还有手鼓，走的是青葱少年翻唱英文软摇滚的路线，另一伙走的幽默主持加偶像演唱流行歌曲的路线，前者的观众多是默默地看，然后再鼓掌，后者的粉丝是一群少男少女席地而坐，不时发出尖叫，遇到熟悉的段落还一起合唱起来。这段之后，是个空白，想不起来离开西门町之后，我们又去了哪里。是去了诚品书店，还是去了101大楼那边？如果是后者的话，那就意味着之后我们还去看了场电影，是汤姆·汉克斯主演的《怒海劫》，说的是索马里海盗劫货轮的事。

2015 年 11 月 19 日，台北，新北。

　　台北市立美术馆，是个空间规模跟台湾"国立"美术馆相差不多的大美术馆，它们的共同之处还有馆外的空间都留得相当宽阔。正在展出的《迫声音：音像装置展》质量相当不错，是跟法国里昂国立音乐创作中心合作的，"集结了 18 件声音影像装置作品，来自美国、比利时、法国、意大利、德国、瑞士、哥伦比亚、智利等 20 位跨国艺术家参展，包括录像先驱比尔·维奥拉、音乐影像大师提耶瑞·德梅及法国里昂国立音乐创作中心创办人皮耶·阿兰－杰夫荷努等人。"印象最深的，还是维奥拉的影像作品《The Raft》（2004），是用高速摄像机拍摄的，其实内容看上去非常简单，就是一群衣着得体整洁的男女仿佛在车站等车，然后忽然从两侧激烈地射来水柱（应是高压消防水枪喷射的那种），他们在全无防备的状态下被水流冲击得纷纷摇晃倒下，最后喷水停止了，他们相互帮助着重新站立起来……高速摄影机记录下了整个过程中他们从肢体到神情的每个细微的变化，而馆方将作品名字译成《同舟共济》显得有些过度引申了原标题的"救生筏"的意思，不过这也是台湾式翻译作品名字的老习惯了。突如其来的灾难或类似于灾难的遭遇确实会让一群陌生人迅速地建立起互助的关系，译名者之所以会选择那个译名大概也是基于此层面，但是，当我们从旁观的角度注意到这个场面的人为制造的强制性因素的时候，还能解读出另外的更为复杂的意味，比如对制造这种突发"灾难"事件的某些人的忽略，所谓的"人性的"一面是如何在不经意间简单地遮蔽了"人性"的另外方面的，还有这种显而易见的人为制造的尴尬场景所洋溢的某种悲剧意味与恶作剧式反讽的表里对应效果里，难道不也包含着闹剧的特质么？影片中那些被高压水流打击到的人们，真的能意识到什么是"救生筏"么？观众们难道不能从这脱离了任何背景的独特场面中体会到某种无可救药的荒诞感么？即使是对人性意义的迫切需要也无法改变荒诞的事实。

找到了台师大附近的一家二手书店，旧香居。空间并不算大，但古今中外的书，品种还是比较丰富的。据说老板跟老板娘都是很文艺的人，我们到那不久，就有电视台的记者来做专访，出面的只是一位资深店员，并没有看到那位粉丝众多却不得不经常回避粉丝追探的老板。限于已经买了五十几本书，旅行箱已经装不下的事实，在这里也只能以看为主了，最终只买了六本书。因为行程的关系，在这里只待了不到两个小时。还有很多书来不及细看，就得离开了。师大附近还有一些书店，只好下次再来找了。有点惭愧，浪费了老董精心写来的书店攻略。

石门据说是在台湾最北面，属新北市，这里有个石门港。天黑前，我们赶到这里，吃了顿很不错的生猛海鲜，配的是金门大高粱五十八度，相当的带劲儿。几杯下肚，就晕菜了。再补上两杯，看哪里都是星光灿烂了。最后往车里一坐，望着外面的夜色，就觉得这车开到哪里都无所谓了。在车子的摇晃中，临睡着之前，想想明天就要离开了，心里不免有点空落落的感觉。台湾是个值得住上一段时间、在那里慢慢体会它的味道、但又不会真的跟你发生什么现实关系的地方。

2015 年 11 月 20 日，台北、上海。

起来就快到中午了。昨晚回到宾馆没多久，就又去了趟诚品书店。一直待到午夜一点左右才回来，又买了几本台湾译本的尼采的书。爱东回来后发现眼镜落在了书店，就又跑了回去，结果顺便又买了本书。就这样，折腾到三点多才睡。

把所有的书都装入箱子、手袋、挎包，还得出去再买个背包，才装得下余下的那些书。都装好了之后，才发现这是个多少有点恐怖的场景。在房间里演习了一下，确实是我负重的极限了。跟这一瞬间产生的那种麻烦的感觉比起来，此后到机场、过海关、安检、购物、登机等一系列的事儿，都不算麻烦了。登机前，还顺手又买了两本书，有点出乎自己的意料，是卡佛的。飞机在浦东机场降落时，已是晚上八点多了。空气弥漫着浓重的雾霾味道。

　　在飞行即将结束的时候，就在想一些瞬间性的场景，比如：早上在宾馆右侧的路边摆摊卖饭团的那个穿运动服的小伙子，手法干净利落，饭团味道也不错，配热的豆浆或玉米浓浆，吃起来都很舒服，但我之所以记住了他的脸，其实是因为这张英俊的脸始终都没有任何表情；再比如朱铭美术馆某个展厅里的那个现场女馆员，一身黑衣裙馆服，瘦瘦高高的，一动不动地站在那里，她刚从台中师范大学毕业不久，学的是大提琴演奏专业，这里的待遇不错，她住在山下靠近海边的房子里，偶尔还会参加演出；还有那天晚上打车去台大的途中，那位司机老伯很耐心地讲的自己跟一个骑机车的人的搞笑官司，那人骑车撞到了正常行驶的他，却把他告上法庭，调解了将近一年，还没有结果……那怎么办呢？只好慢慢讲理喽。再有就是基隆西北部的野柳地质公园那边看到的海，以及海边的那些样态诡异多姿的风蚀岩石地带，当然最好看的，仍旧是那些由远及近一阵阵一波波涌现的崩雪般的白色浪花。

希　望

　　我希望经常能在车里看到路边的水果摊上那些干净的水果们，还有从某个小区院墙里探出来的那么一大簇雪白的夹竹桃花，盛开在阳光照不到的建筑暗影里。还希望能经常闻到青草的味道，甚至还有梧桐树枝被修剪后发出的气息，满地的泛着绿色的枝叶。芳甸路边草地上的那些紫花地丁真的很香。《本草纲目》："紫花地丁，处处有之。其叶似柳而微细，夏开紫花，结角。平地生者起茎，沟堑边生者起蔓。《普济方》云，乡村篱落生者，夏秋开小白花，如铃儿倒垂，叶微似木香花之叶。此与紫花者相戾，恐别一种也。"似乎并没有写到它的香味。有时间要去近处观察一下它们。

不 凡

　　天蒙蒙亮的时候，会有什么事情发生么？那个人站在那里，手搭凉棚，望着远处，那里还有很多雾，可是已经能感觉得到，早晨正从脚底下的泥土里浮上来，带着湿润温和的气息，还有一些早晨正从不远处的林子里透露过来。还得站到更高的地方，才能看到极远处的平野上雾气是如何慢慢散去的。如果你运气好，或许就能看到那白额的大宛马正在河边低着头饮水，不过由于距离太远了些，从这里看过去，它只不过是个灰白的斑点。这时候风还没有吹起来，那感觉就像时间里的一个停顿，你只能看到雾在移动，那个斑点在偶尔移动，而其他的一切都是不动的。那人的服饰看上去并不华丽，然而要是切近去看的话，就会发现那素色袍子上面其实是有很多精美的花纹的，因为色差并不明显，要很仔细地看它们，才能分辨出那种微妙的层次感与结构方式，这时候你需要凝视下去，过不了几分钟，你就会感觉到那些花纹深处的繁盛了，可又是那么的冲淡平静，无声无息的。在山下不远处，有户人家，院门敞开着，一个小孩子正在那里安静地待着，在等着什么。

V

与书有关

书　店

1

2004年，我还住在甜爱路，常会途经山阴路那边。离吉祥路口不远，有个小书店，名为"升丰"。老板黑瘦，很高，五十来岁，嗓音浑重，平时总是戴了顶深蓝的棒球帽，他有名片，上面居中印了三个字："莫五九"。

据说他年轻时也是个好读好写之人，家里有好多书，如今都堆在那里，来不及清理。说这话的，是店里唯一的店员，那个兰州来的女人，四十多岁，白净端庄，年轻时应是很漂亮的。她有个女儿，正在读大学，但不怎么用心学业，让她很放心不下。

书店很小，十五六平方米左右，还有个五六平方米的里间，有张大床，有电视机，电风扇，洗衣机，留给人走路的，也就那么一道缝隙了。夏天这里通常开到晚上九点多钟，实际上过了八点基本上就没人来了；冬天里关得要早些，有时七点多就关了。那时我在多伦美术馆，每天吃过午饭，就会逛到这里，翻翻书，几年下来，不知不觉就买了很多，他们给我八五折。

那几年书的生意还比较好做，他们有很多住在附近的老客人时常照应着，日子过得也还算舒服。晚上人少的时候，时常能看到他们在里间躺在床上看电视，有说有笑的。

到浦东工作后，我大约两三个月会去一次升丰书店，都是晚上七点之后。有一天，发现书店关得比以前早很多，七点刚过。过了些日子，我晚上六点多去的，也还是关着。透过玻璃门，借着外面的光亮，还能影影绰绰地看到里面陈列的书。一周后的某个晚上，坐车经过那里，发现书店已变成一家新开张的时尚鞋店。

那个兰州女人自称是给老莫打工的，没其他关系。她来上海的目的，也就是找个地方，安稳地挣点钱。但是显然，至少在表面上来看，在这么个小书店里，是不大可能挣到什么钱的。她平时话不多，但说起来会头头是道。有时言语间，会觉得她经常看不上某些人，但也只是看不上而已，并无多少恶意。

在她眼里，老莫是个让她不知该说什么好的那种人。从前年起，她就经常从他家里拿些旧书到店里卖，卖了也就卖了，他就一个儿子，人家早就说了，那些书白给他都不会要的，没地方放。

在那些旧书里，有套两卷本的一九九零年版《意大利童话》，是上海文艺出版社的，刘宪之从英文版转译过来的。书里有卡尔唯诺寄来的本人照片，以及专为中译本写的题辞。在上卷的首个衬页上，是老莫用那种书法硬笔写的两竖行赠言：

"送给浩咏五周岁生日礼物，父亲于九二年国庆"

其中的"亲"、"于"、"国"三个字写的是繁体，其他则仍是简体。从笔迹可以看出，他写的时候，手里还是有点紧张的，有些抖。这样算下来，老莫的儿子，到今年已是二十九岁了。

2

1995 年的夏天，我们想开个书店。就在东四路后面、邮电局东侧的那条小街上随便找了个地方。那里只有个普通阳台那么大，顾客要是达到三个人，你就得到外面待着。

那里原来也是个书店，店主把剩下的书很便宜地卖给了我们，而我们花了三个多月也没能卖完它们。

注册登记的时候，工商局的人指着"巴赫书店"问我们：

巴赫是什么意思？

是个德国的音乐家。

为什么用德国音乐家的名字作书店的名字呢?

因为我们将来要卖古典音乐磁带,都是进口的那种……

那为什么还要叫书店呢?

因为同时还要卖些书。

那人摇了摇头,说那你们过两天再来吧。

过了两天,我们带着某位领导写的条子,去工商局,找到那个人,然后他就什么都没说,把这个执照给我们办了下来。

其实,最早想到的名字,是"乡村骑士",因为那时我们都喜欢马斯卡尼,就是在姜文的《阳光灿烂的日子里》听到的那首间奏曲的作者。

为了弄到进口的磁带,我去了趟北京,在中国图书音像进出口总公司上的货,这多少有点夸张,进的货加在一起也只有两个纸箱。

那时我们都在上班,开始时是轮流偷着跑出来看店,后来不行了,只好让老爸老妈来照看。开到第四个月,就支撑不下去了,挣到的钱,只够付租金的。

老妈态度坚决,关了吧。她尤其不能容忍的是,跟我合伙的那个朋友竟然会送书给别人,只是因为那个女孩子说非常喜欢那本书,可是因为在上学,买不起。

当然，我知道这事儿，那本书，是昆德拉的《被背叛的遗嘱》，一本暗蓝色的书。

我们开店的钱，都是从老妈那里借的。她说关，也只好关了。

我跟一个人谈了半天，终于把这个店，还有剩下的书，一起转卖给了他，磁带我自己搬回了家。接过他的钱，看着这个跟我一样年轻的家伙站在店里，开心地打量着那些书，我觉得自己像个骗子。

跟我合伙的朋友，因为极度的失望和挫败感，在路口树下的地摊上，理了个光头。

我抱着那一箱磁带从他旁边经过的时候，他面无表情，看都没看我一眼。阳光透过那些高大的杨树树冠，风一吹过，就会有很多耀眼夺目的阳光碎片奔涌而来，让人睁不开眼睛，马路上到处都是卷曲的大树叶子，在风里滚来滚去。

3

2003 年底，我来到多伦路上时，它就在那里了。

报纸上报道过它，作为多伦路上一个特别的点。他把那份报纸剪下来，镶在一个镜框里，挂在书架旁边。它在这里多久了，他从没说起过，我也没问过。它的名字有点奇怪地写在一块蓝底的简陋牌子上：世界名著书店。那个牌子挂在了右侧的门上。

有十六七平方米，中间用书架隔开，左边以国内书为主，右边以翻译过来的书为主，小说、散文、传记、戏剧、哲学，分类清楚。

当时多伦路上，算起来至少有七八家旧书店。美术馆对面地下有几家，多伦路上有两家。到现在，就只剩下他一家了。提起此事，他是有些自豪的。最近两次去他那里，他都忍不住要问我同一个问题：

"你知道吧，这条路上，就剩我这一家书店了？"

我说我知道的，为什么会这样呢？

"因为我的书多。"

卖了这么多年的旧书了，他家里据说还有几百编织袋的存货，够他再卖个十来年的了。不知道他从哪里弄来那么多的旧书，多到他自己也弄不清楚哪些袋子里放着哪些书，只能打开哪个就是哪个。

每次去那里，他都很热情地打招呼，递支烟给我，哪怕我说刚抽完，或说咽喉痛，他也不放过我："抽吧，一支能有什么呢？"他抽的是焦油量8毫克的红双喜。

我每天中午都要去他那里待上一会儿，去翻翻那些我差不多能记住位置的旧书。要是中午因为有事错过了，我就会在下午，或者晚上下班后去补上这一例行公事。有时候，经过他的店前，看到他，也会彼此笑一下，打声招呼。他总是坐在那里，用那种细砂纸，把刚收来的或者才从库里翻出来的旧书整容，然后贴上价签。

他很懂书的价值，从不会乱要价。那种把《荒诞派戏剧集》卖到八十块甚至更高价的事，他是不做的。他觉得那太贪婪了。其实现在想来，每个月里，能在他那里挑到我想要的书的几率，并不算高，但每个月下来总会有那么几本。

我碰到他，总要习惯性地问他，生意好吧？

他也总是轻松地说："还好，一直都这样。"

有时他也会反问我，你们美术馆的生意还好吧？我会说：还好，展览一直在做。有一次他忽然问我："你们靠什么赚钱呢？"我说我们不赚钱，只花钱。他听了之后，想了想，就笑道，"那样倒是真不错，我以为你们那里是卖画的呢。"

我的那本《空隙》出来后，特地送了他一本。他坚持不要，看完了又还给了我。

后来，他告诉我，他觉得那些小说对于他来说还是有点难懂，但他给他一个朋友看过，也是写东西的，朋友说是有这样的一种写法的。他最终还是把它留在了店里，说是要推荐给有可能喜欢它的人看看。

他手里有些能卖上好价钱的书，我都没怎么注意过。最近一次去他那里，他告诉我，刚卖了一套五几年的，八千块，是个台湾人买去的。到浦东这边工作以后，大概每个月只能去他那里一次了。忙起来，要两个月才能去一次。

那时他有五十几岁了，瘦瘦高高的，略微有些驼背，戴副眼镜，看上去很像个中学老师，教历史的，或者教数学的。直到现在，我也不知道他姓什么，没问过。

4

我忘了西风书店最初那个店主是个什么样的人了。

只记得在他那里能买到一些其他地方买不到的文艺类书，还可以打八五折。我每周会去一到两次，都不会空手回来。可我就是想不起来他的样子，想了半天，还是像个影子，浮在脑子深处，无法变成清晰的图像。

冬天里，他弄来个很好烧的铁炉子，使这个不大的书店里很温暖，阳光照得入门处一米见方的地方白得耀眼，跟尽头处的这只炉子刚好是个呼应，让人觉得惬意。他很爱干净，尽管烧炉子，可是书架上，书上，都很难见到什么灰。要是中午的时候去的话，就会碰上他把装着饺子或者酸菜的铝饭盒搁在炉子盖上热一热，那香味就满屋都是了，真的很香。

书店就在东四路南面的那条小路上，离中央大街不过十几步远。那时周围除了新华书店和不远处的一个县级新华书店，就没别的书店了。

他进的外国文学、哲学、历史以及中国古籍方面的书，总会比其他书店早两个多月。我还记得他跟我说起过，他进的书，别人是不敢进的，进了也会压货，走不掉。

"就说这套书吧，"他指着那套译林版的《追忆逝水年华》说，"我一次就进了六套，为什么？因为我知道抚顺市买这套书的人，不会超过六个。结果怎么样，现在还剩这么一套，我就自己留着了。"

1999年的时候，好像在入冬之前吧，西风书店转手了。看书店的，变成了一个老太太，五十多岁的样子，总是乐呵呵的。其实真正的店主，是她儿子，在税务局做职员，喜欢书，又有些空闲，早就相中这家小书店了，正好赶上原来店主身体不好，就顺势盘下来了。

她儿子有二十七八岁的样子，只在周六周日才会出现，都是刚从沈阳进书回来。他对书的兴趣，跟前面的店主非常相近。到了2001年时，我感觉他们进新书的频率明显放慢了。有时两三周都不见新书。问其原因，说是儿子太忙，没时间去进书了。没过多久，老太太就说，要是有人想盘书店，告诉她一声，打电话给她儿子也行。

为什么？一是她儿子因为事务繁忙，还要谈恋爱，没心思打理这个书店了。二是她大儿子的儿子都两岁了，可是还不会说话，她要去照看他。

下家是个光头小伙子，带着圆脸大眼睛的女朋友继续经营书店。他弄了个小镜框，里面镶着一张复印的小版画，是瓦雷里的头像。

据他女朋友说，他以前也写过诗的，当时在做什么买卖。拿下这个书店，主要还是为了让她有点事干，挣钱多少并不重要。后来没多久，他们就结婚了。两个人很恩爱，她每天坐在那个小书店里，似乎既悠闲又幸福。她话不多，记帐时写字很工整，写字的样子有点像个小学生。

大约过了一年，附近忽然开出了一整条街的小书店。书都很雷同，都很滥，还有很多盗版书混杂在里面。虽然很滥，但还是在不知不觉中把西风书店的生意抢去了。他们进新书的速度也是越来越慢了。后来，干脆把右侧的书架全换上了言情小说，对外出租，一本一角钱。

书店就这样维持了下去，但里面的书，是越来越不成样子。她也明显有些发胖了，人也没了精神头，每天坐在那里画画指甲，看看言情小说，来了买书的都不理会。

我到上海后，每次回抚顺，都会抽空去这家书店看看。可是每次看到那些书，都没有什么变化，连位置都没动过，每本书上都落了很厚的灰尘，随便翻过一本，手指头都会被染黑，放下书之后，还得再拍拍打打才能干净。

那个女店主，倒是每次都有明显的变化。妆化得越来越浓了，样子变得越来越妖了，穿着打扮越来越古怪……那双大眼睛，周围画着深深的眼影，还涂得通红的饱满嘴唇，当初那个朴素安静的女孩子，已不复存在了。她打手机时，说话是毫无忌惮的，夹杂着很多粗口，眼神也变得轻佻而又尖锐。

2007 年春节期间，有一天经过那里，发现那里已是一家手机修理店。附近那条书店街上，也只剩下两家书店，还在撑着。东四路上的那个新华书店，把一层整体租了出去，只留下二三层，继续卖那些很久都不会更新的书。还有那个县级新华书店，已经变成了餐馆。

5

1998 年秋天，他终于等来了机会，把自己在铝厂的工作卖了。三万块。直接后果，就是跟把他从山东带出来的叔叔反目了。他们的关系严格地说，应该是父子，他是被过继给叔叔的，因为叔叔没有儿子，而婶婶又失去了生育能力。

卖完工作没多久，他就去了沈阳。在一个写字楼的八楼，租了个房间，开了个书店。

他又印了一些广告传单，进了一批书，这样就花掉了一万多块。每天来书店转的，都是写字楼里的那些人。外面的人怎么可能想到要坐电梯到八楼来看书买书呢？尽管他在楼下面贴了一张小海报。

那些人觉得他是个奇怪的人，竟会把书店开到了写字楼里的八楼。通常都是在吃过午饭之后，他们才会来他这里转转。没有外面的人上来买书，他自然很失望，但也并不意外。这不过是印证了大家的预言而已。意外的是，会有人真的就不怕麻烦地一路找过来，到这里买书。

其实前后只有两个人，加在一起，两个人也只来过三次。先来的是个老头，退休的中学老师，教历史的，来过两次，只买了一部书，还是旧书，胡绳的《从鸦片战争到五四运动》。老头每次都跟他聊上几个小时，聊自己过的日子，身边没有亲人，每天除了看看报，看看书，就是四处转悠。第二次来聊的时候，他就有些受不了了，也不接话，只是默默地听着。老头临走时握着他的手说：

"干什么都不容易，贵在坚持。活着也不容易，但也要坚持，是吧？"

他只好说，是啊。

另一个人，是个正在读大学的姑娘。她来时，是晚上五点左右，他刚要关店。她说想买书，他就等着，让她不用急，慢慢地看吧。

她漫无目的地看着那些书，最后可能觉得总归要买一本才说得过去，就顺手抽出那本昆德拉的《玩笑》。他想知道她为什么会选这本。她说她也不知道，跑这么远的地方来，怎么也要买一本吧。

他说那就送给你吧。她想都没想就拒绝了，不用。

她付了钱，然后又扫了几眼那些书，不声不响地走了。

后来，不出意料的，每天来的人越来越少了。就连大楼里的那些人也不怎么来了。

他就整天坐在窗前闷头看书。天黑时关门。这样又坚持了一个来月。最后终于坚持不下去了。当时已是冬天了。已下过一场雪。他借了辆三轮车，把一箱一箱的书装上去，运回了自己租的那间小平房里。

然后的一个多月里，他什么都不做，就点好炉子，天天窝在火炕上看书。

等到差不多要过年的时候，他有了新的想法，去南方。其实就是去他一直想去的广州看看。他想找个大学，做旁听生，学哲学，学德语。

　　于是他就把那些书精简了一下，把不大喜欢的，拿出去摆地摊半价卖掉，也只卖了一半，余下的干脆论斤卖给了收破烂的。自己喜欢的书，打包寄回了山东老家。

　　他在广州，待了不到一个月。回到沈阳后，又去学理发。就这样，一来二去的，他把剩下的那些钱，都花光了。

2015 年 6 月 6 日

去"保罗的口袋"书店

*

就像走在巨大的被镂空的幽暗冰块里，而所有冰面上似乎都有一层僵硬的灰尘。无处不在的寒气透过衣服黏附着绷紧的肌肤，把人变成不得不谨慎移动的薄脆黑影。工人们用铁锹撞击着结冰的水泥地面，所有的响声尖锐地交织在一起构成质地粗糙的轰响，足以把记忆里埋藏的诸多类似瞬间场景通通钩沉而出并重叠于此时此刻……那些很久都没再想起过的扫雪时段，脚掌冰冷而虎口发烫的天黑时刻啊，冰封的世界表面上颤动的蚂蚁们，在早已厌倦的重复劳动里是如何让自己忽然又兴奋起来的呢？只是因为倾听那单调的铁锹撞击冰面的声响，以及坚硬的黑冰开始成块地剥离地面么？等候出租车的地方排出了几条寂静的长龙，车很少，要过很久才会出现，很少，车身上满是尘垢。讲比这更为寒冷的记忆会有助于缓解冷的感觉么？被寒气刺痛的脚底，睫毛上的、棉帽子沿上的霜，被寒风割痛的脸，冻伤的手指头，在雪地里冒着热气的暖气管道阀门井盖，从热水壶里溅到地上的开水如何转眼成冰，夜间所有的光源都是紧缩的状态……说了几句就停了，还要等很久，才能离开这里，轻轻地顿足，双脚轮换，鞋底显然太过单薄了。

**

陌生而又熟悉的庞然大物，北方大城市里最常见的建筑群，这里也有。即使不去仰视也会有种无聊而又乏味的压迫感。旅馆的走廊里光线暗淡，地毯与壁纸花纹浑浊不清，散发着某种温吞的旧物气息，房间里倒是有所不同，还能闻到抽水马桶里的新鲜静定的水气……比较惬意的是什么事都不需要做，到睡前还有很长的一段时间可以待着，在这个微不足道的安静的房间里。初次，也就是上一次来合肥时，除了那座管理得很糟糕的省博物馆什么都没看到。某个朋友跑到文物市场里买了两块清末的墓碑，在我们车后备箱里放了一块，对此敏感而又迷信的我们就去路口的新华书店里买了本《金刚经》，里面还附赠一幅影印的小楷抄本，就这样我们把它用报纸包好压在了那块碑上，然后彼此表情诡异地相视一笑。回来的路上我们的车躲过了一次货车追尾，让我们可以一路睡到终点。而跟我们同时出发的另一辆装了墓碑的车，则比我们迟到了近两个多小时，问其原因，答曰总也到不了。这种先见之明的确很容易让人有些得意，只是谁也说不清其中的道理，问起来也只好一笑了之。也有可能，并没有真的发生什么，一切只是源自我们的想象。所以关于这座城市的这点诡异的记忆，也可能只是出于某种虚构的趣味而产生的。

***

不流的穿着打扮让我想到民国时的书店老板，真的是这样么？无从考证，因为我从来没看到过哪个民国时书店老板的图像资料。其实就是有种时代的差异感，他不声不响地出现在身后时，我刚好翻看过他印制的小书里的两篇他写的小说。从他的文字里，从他对不同场景的语句化剪辑处理方式，从他对于光线的敏感度和对微暗光的偏好里，我找到了跟他似曾相识的切入点。可能只需要半个小时，甚至十几分钟，就可以把想说的话都说完了，这样随之而来的任何沉默时段就都无所谓了，喝喝茶，抽抽烟，都很自在。关于这个书店，"保罗的口袋"，其实我所知甚少，它竟然有三层，这是没想到的，虽然并不算大，书也不多……一层的最里边还有个高出地面一米五左右的台子，上面有架子鼓，后来才知道这个乐队跟书店的诞生有着直接关系。门口展示架上的那些书，多数都很熟悉，作者也都来过这里，黑蓝的，副本的，但是看上去恍如隔世，保存完整，某种无是无非的存在状态。外面隔壁在施工，地面坑坑洼洼，走过时会有深一脚浅一脚的感觉。斑驳的店面墙壁会让你想起老家的某个早已不复存在的书店，在某局上班的年轻店主会抽空跑过来看看，对那个漂亮的女店员或是临时来看店的他妈妈说些注意事项，后来书店要关掉之前，那个女店员已经开始喜欢浓妆艳抹了，书架上的书也已混乱不堪，再也找不到一本想要的书了。"保罗的口袋"，已开了三家店了。其中一家开在了繁华的新商业区，也是三层，面积要大出不少，我们在那里喝了点东西，就去附近吃晚饭了。

****

在下面脚底冰冷而上面空气温暖的餐厅里，不知道从什么时候开始讲起了那些灵异的故事。我的都是重复多次的，意思不大。不流的听起来都很新鲜，是他以前在家乡听说的或是经历过的。他似乎有很多这样的故事可说，有人曾劝他写下来，可他觉得太熟悉了，而且，写故事本来也就是他喜好的方式，他更愿意写那些没有"故事"的，就是看过之后也很难复述的，或是三两句就讲得完的，要不写它做什么呢？唯一令人比较无奈的，是时间越来越少了。这是共同的问题。等到穿过冷飕飕的商业区，到路边钻进出租车里，此行也就算结束了。真是冷啊，你对司机说道。明天还会这么冷么？他好像在走神，过了一会儿，才慢慢地答道，这谁知道呢？在旅馆附近的超市里买盒安徽的茶，回去泡了一大杯。白天在书店里买了两本书，其中一本有点意外，是好几年前出版的考古方面的书，内容是对远古时期以人殉葬的模式的研究，开篇写的是生产水平很低的远古人类各种食人的习惯。不流当时在看到这本书的时候，也有些意外，似乎从没留意过店里还有这么一部书，拿过去翻了翻，没说什么。

＊＊＊＊＊

我一直认为，一个作家，在大庭广众之下，无所顾忌地谈论自己的作品以及写作，并不是件很得体的事儿。作家与读者之间，最有价值的联系点，就是作品本身，如果作品是成立的，那么读者只要面对它就可以了，不需要作者出来露脸，更不用说介入作品与读者之间了；如果作品不成立，那么作者做什么都没有意义了。作者应该跟读者保持足够的距离。在我看来，作者就像发射出去的太空探测器，他只要还在工作着，向地球传回有用的信息、新的发现，就自然有其存在价值，也就可以了。

那今天我为什么会出现在这里呢？说实话这也是我来的路上一直在琢磨的问题。这样说并不是矫情。当初接到这个邀请时，心里挺高兴的。因为我是个喜欢旅行但又很少有时间达成旅行的人，我喜欢旅行的过程，无论是坐飞机，还是坐火车，都好，过程越长越好，所以我喜欢坐火车肯定胜过坐飞机。我喜欢看外面的流动的一切。以前在抚顺的时候，要是写东西没啥感觉，我就会坐公交车，随便上一辆，一直坐到终点，然后再坐回来。在那种一切流动而你自己静止的状态下，就容易有了写作的感觉、节奏、气息。而且我喜欢陌生的城市，喜欢陌生城市里存在的某个书店。但在来时的高铁上，随着越来越接近合肥这个地方，随着气温在下降，我也确实开始有些犹疑。主要原因是，自去年下半年以来，关于这本书——《抚顺故事集》，我觉得我说得有点多了，多到了我对它开始有些厌倦的地步。一个作家会厌倦自己的作品么？当然。这种厌倦基本上在最后一次校对它时就萌芽了，然后在它出版后的时间里，随着不时地在各种场合谈论它，忽然有一天发现，这种厌倦已经长大了。

应该去写新的东西，而不是反复谈论已有的。否则的话作者就会变成一个令人厌恶的喋喋不休的老人家，一个可疑的广告人和说教者。当然我可以谈论写作这件事本身。因为对于我来说，写作的努力，无疑是为了构建一个属于自己的世界，为了让自己有一个新的出发与曲折抵达的过程。每一次的完成，都意味着相应地会产生某处废墟——或者说映射出某种现实中的废墟。但已然完成的，也意味着是一个作者不会再次进入的世界，是一个作者在完成时随即就会转身离开的世界。海明威说，在他写不下去的时候，会读读以前的作品，我也试过这个办法，但是我发现有时管用，很多时候不管用，因为会不忍卒读，会读之沮丧。而在别人跟你谈论它时，还会感到某种无法表达的尴尬、甚至还有莫名的焦虑——我应该上路了，而不是在这里说过去的工作。说到底，写作是对自我出发的一种召唤。

2016 年 1 月 24 日

特洛伊

即使是赫克托尔被阿喀琉斯杀死的那一瞬间里令人突然有种无法描述的异常强烈的失重感，即使随后阿喀琉斯的脚踵被帕里斯一箭射中并因此命丧黄泉之时所产生的那些虚无感转眼就混合了此前的失重感，也仍旧不能让你陷入悲痛情境。一个偶发的情感事件所促成的全盘毁灭的结果，除了令极为遥远的年代里的人为之陷入不可描述的沉默以外，并不能满足多少移情的需要，甚至也不能满足任何在悲剧意识下构建沧桑感的需要。特洛伊变成了废墟，变成了英雄对决的传奇标志，变成了一个名字。它不复存在了，却又仿佛始终都在那里。就好像它所不断蒸发出的虚无雾气从来都不会改变它的属性而只不过是在持续为它增添点缀似的，而最终它似乎也不过是一出戴着史诗帽子的英雄大戏，可以满足人们对看热闹与看戏的双重需要。

但在你将这个事件描述为一种情感突然陷入极端临界状态的象征之时，它作为一个意味深长的符号所产生的又确实是完全出乎意料的震撼效果，随之呈现的，只有无法落地的悲痛气流不断地弥漫回荡在个人化的茫茫宇宙里。在这里，令你不能承受的并非世界的某种终极性面孔，而是悬浮在空中的被重重绝望所严密包裹的那点希望。不可知的事物是复杂的，不可知的事物是简单的，两种说法之所以都能成立，只是因为它们都不提供真正意义上的答案。用废墟中的那些残碎材料是不可能重建故国的，唯一能做的，似乎只有在未来的时间里将那点希望变成化石里的叶子，或是琥珀里的金色甲虫，然后带着它们进入另外的世界。

在回声

*

　　穿过晦暗的云层，保持倾斜，在不算剧烈的晃动中升至蔚蓝深空，然后又颠簸一会儿，才恢复了平稳。机翼上的水珠早已不见踪迹，脑子里断续想的，是那个周水子机场究竟何时去过？结果竟完全想不起任何场景和细节。过于耀眼的阳光，从正在转向东北的飞机舷窗射入的瞬间仿佛有千万个阳光颗粒在眼前爆裂，化为更细小更夺目的微粒，但转眼就消失在空调风的低响里。过道是空的。在安全带纷纷解开的低响出现之前，把深蓝的薄毯子蒙在头上，希望在降落之前自己醒来时能多少想起一些关于那个机场的印象。大连晴朗，地面温度20摄氏度，68华氏度，西北风四到五级，机长用东北普通话有些含糊地广播道。睡着之前，最后出现在脑海里的，是后来被证明基本失真的一个缺乏睡眠的人的侧影，瘦瘦的，略弓着背，刚点着烟抽了口的瞬间。

**

　　在空乘人员不断提醒收起小桌板、恢复坐椅靠背的正常位置并系好安全带的过程中，你醒了过来。你发现最先出现的印象，并不是关于那个机场的（根本没有任何印象线索），而是大卫·米恩斯的《秘密金鱼》里《伊利里亚人》的那个几百年前沼泽沉尸的安静观察与若有所思的独白……没多久，过于纯净的蓝色天空就开始迅速地向上隆起，一丝云都没有，夕阳的金色光晕在机翼边缘闪耀，而机身重新抖动起来，随后是平稳地降落，耳膜几乎没有反应……尾随着长长的乘客队伍，来到外面，凉风呼呼地吹着，感觉像没穿衣服，阳光刺眼，机场大厅只是一片暗影，里面空荡荡。外面也是。出租车很多，上车的人却只有几个。车子驶入阳光里，向东疾驶而去。这天真是蓝啊，你对司机说道。蓝得透亮。他说是啊，这蓝得啊，真是。听起来好像还有点为自己也感叹而不大好意思，为了这种无法形容的过于奢侈的蓝，为了你刚刚体验到而他已然享受了很久的蓝。车速很快，不能开窗，因为风很凉，天色在变暗，气温也在下降。

＊＊＊

回声书店所在的那个地方，是在港湾广场客运码头旁边的十五库。到那里时，夕阳已落到远处楼群的后面，正在散发着最后的强光，给那些渐暗渐黑的建筑轮廓涂上一层微冷稀薄的光膜。老板韩琳琳从柜台里面站起来之前抬头看到你那一刻，你就知道那个抽烟的侧影形象是不真实的，很容易误导，而她男人老谢倒是不出所料，是那种离开乐队排练或演出的现场就会很安静的样子，他才是真正的瘦瘦的，长发。书店分成里外三层，先是书店，不大，书选得不错（其中相当一部分学术类书是由老板的好友挑的）；然后是咖啡馆和酒吧，最外面是露台——在那里，能看到幽暗波动的海面，正处在码头的侧面，而远处的海面还有些亮光碎片。"怎么样，这里看海感觉好吧？"她问道。当然，我忍不住多看了几眼，很奇怪，这片处在海湾一角的海面并不算宽阔，但看上去却有种很深的巨大水体的动荡感，轻易就触动了你，有种瞬间恍然的感觉。她的眼睛涂了一圈黑边。跟她整体上的明朗印象形成了奇怪的反差。人很多，主要都在咖啡馆和露台上，书店这边只是偶尔会出现几个人，买了书就走的。书店门外，有个丢烟头的东西，看上去有点像少数民族的那种手工竹扁篓……她抽的是那种细烟，从侧面看上去，你不得不承认，其实跟照片里的是一样的，并非不真实，她似乎就应该是个从不同角度看上去会得出截然不同的印象的人。她说他们喜欢晚上在家里喝酒，酒量虽然不算好，但喝上了就有可能停不下来……她男人，惘闻乐队的老谢，话不多，但也不会让你觉得沉闷，对酒是很在行的，选完酒后又恢复了那种安静的样子，像在不经意地想着点什么。本想等人少些时到外面露台上坐上一会儿，看看那片海湾，可是想着想着，就忘了。

****

　　阳光照耀着旅馆对面的楼房，把原本浅蓝的墙壁晃成了白亮的状态，有些护栏的影子，电线的影子，空调外挂机的影子，有些晾的衣服在难得的一小块阴影里，倒垂着深色袖子，动也不动，那斑斑驳驳的墙面上的光是有着极细微的波动的，但需要凝神去看才能发现这种运动的迹象……一只淡灰的蛱蝶，小得像片指甲，在半空中摇晃闪动着，很快地消失在另一幢建筑的暗影里，有那么一瞬间你甚至会以为它是被阳光灼成了灰，而不是飞走了。侧面背光处楼房上的玻璃好像都是新的，上面都浮映着变形的景物，看上去异常的光滑，仿佛有些白树正在其中融解。随着一阵不经意吹起的风，闪出两只喜鹊，然后腹部一亮，又没了踪影。这附近是有很多树木的，遮蔽了倾斜的窄路。

*****

电流声在鼓音的间隙里穿行不已，有时越来越密集，有时则忽然隐没，取而代之的是金属的震颤回响在高处应和着低处的鼓鸣，似乎还间杂着夜间有轨电车的铃声，铁皮小破盒子在空荡荡的小街上滚动，然后忽然的各种意象结成方阵从黑暗里涌出来，它们发出的回响在某些建筑的孔洞里伴随着西北风激荡着，没多一会儿就消失了，能听到海浪在平缓地拍打着沙滩，一些孩子的玩耍声，烧红的金属丝没入冷水中，升起一缕雾气，又变幻成一束微弱的光线，对着困倦的有些放大的瞳孔……惘闻。能与这一切发生某种对应的，似乎只有外面那过于明亮的街道和幽暗的树荫在不断膨胀的干爽空气里的不时转换，是走廊里不时传来的关门声和含糊的说话声，是对面阳台上那个赤着上身拿着手机抽着烟的戴眼镜的胖子，他夹烟的手伸到外面的阳光里，是远处偶尔传来的重型卡车发动机的轰鸣，也会是关于这座城市的为数不多的一点记忆——布满湿漉漉的黑色礁石的海滩，是傍晚人影稀少的沙滩上还在专注地对着一台旧电视机唱歌的一对矮小的南方恋人，是凶猛袭来的黑色蚊子，还有旅顺口那边在山崖上看到的空寂而又广阔的野海……其他的还能想起些什么呢？没有了似乎，即使你能把脑子里的四壁磨出火花来也没用的，原来这样耀眼的强烈日光以及那蓝得有些发白的天空，也可以象征记忆的清空状态，你在这里，再也想不起来还有什么了，而且就连其他地方的记忆都被推向了远处，变成了斑斑点点的存在。下午了，很快就是晚上了。

******

回声图书馆的空间跟这天气一样奢侈。不但有完整的三个层面，还有个非常宽阔的大露台，坐在那能看到不远处绿绿的小山，韩琳琳说就叫北山，老谢说是牛角山。这里附近都是大学，依山而建，所以有的都是上坡下坡的小路。图书馆里的书并不算多，但也都是用心挑选的。一层旁边有个空间，接下来会用来做艺术项目。在露台上抽烟、喝东西、四面八方地聊着，都是初次碰面，七个人，仔细观察，各种有意思，让你很想像惠特曼在原野里漫步后把几十种野生植物名字记入日记那样依次写下诸位的名字。你发现之前的一些信息及相关想象是不准确的，比如说马尔山的项目，在你的想象里是一些靠近乡下的空别墅交给艺术家们在里面做作品，然后他们会住在那里，但事实上那里是无法居住的，因为没有水电。再比如之前你觉得老任就是头发胡子一团乱的样子，结果发现是短寸头、胡子茬也很短。他有个爱好你也曾有过，就是用牛皮纸给书包书皮，所有的书，都会包上书皮，只是包的方法不一样，让他有点一时理解不了的是，你在把所有书都包上书皮之后，又都一本本地剥掉了，在另一个城市里。他其实也不是个话多的人。当然如果需要是可以聊很多话题的，就像后来你们在楼下面对一些陌生人时所做的那样。晚上出去吃饭的途中，透过车窗，看到不远处有家馆子，名字有趣：一块豆腐。韩琳琳说，我们就是去那里啊。当然，招牌菜，真就是一块豆腐，一半白，一半微绿，三种酱料，附以葱丝、香菜。吃过饭就得道别，跟韩和老谢。然后跟另外四位钻进出租车，跑到了城市的另一边，在一处多是日料和酒吧的小广场里找了家店，待到午夜，然后又是道别。出来时回头往上望了一眼，发现刚离开的那个位置的落地窗很像个小舞台，木偶剧的，而潘赫略弓着背正要离开，下面门外的沙发上坐着的那对男女就像演出后还不想退场的观众，还在那里歪着头往上看着。回旅馆里，老任买了好几听雪花啤酒，拿到房间里边喝边聊，最后困了，彼此道别。回房就迷迷糊糊地睡去，电视都没关，各种声音与模糊的画面不时渗透到梦境里，奇怪地组织在一起，清晨初次醒来时，正播美网决赛，小德发球直接得分……完全想不起来自己是何时把频道调到中央五的。又想起老任昨晚说的，他想早点起，然后去海边走走，他说一年难得来次海边城市，不看看海总觉得有点可惜。

2015 年 9 月 13 日

书

    哈尔滨街上的喧嚣声传到耳朵里的时候，是上午九点钟。他的声音仍旧是那么的慵懒，尽管是在一个从没来过也没有熟人的城市里，这声音听起来还是有些悠闲而又自得其乐的味道。很多年以前，或者说差不多是十五年前，在电话里听到的那个声音，似乎也就是这样的调子，慵懒而安静，能让你联想到周围的空间是白色的，不大的空间，有很多书，在不高的书架上。那时的博尔赫斯书店对于我来说只是个名字，只是个《读书》杂志某个角落里很小的一块广告。那时邮寄几本书，从广州到抚顺，挂号信，需要一个多月的时间，有时还要更长，甚至两个月，仿佛再也不会收到，一直漂在路上，不知道为什么。后来就有了书目单，不定时地寄来，六七个页面的折页，印制得简洁朴素，令人怀念……不是因为那些买不起的台版书，只为它本身的样子。所有寄来的书，都包得很是仔细，通过上面的字迹，你可以知道负责寄书的，有两个人……用繁体行书写的，是他的。忘了是因为什么跟他通的电话，可能是想问一下书什么时候会到，而他也不清楚，他只知道寄出的时间，而无法知道何时到达。后来索性就不再问书何时到的事了，会试着聊些关于书的问题。他很耐心，最长的一次，聊了一个多小时。是在晚上，你在工厂深处的办公室里值班，那时你好像总是在值班，每月都有两三次，因为你年轻，而那些年长的同事们经常会家中有事。

后来你发现，等书到来，在慢慢变成一件很有意思的事。为什么要急呢？让它在路上慢慢地走吧。早晚都会来的。而且在书还没有来的日子里，你可以没事琢磨一下它究竟到了哪一站，是哪个城市，停留了多久，在哪里耽搁了，又在哪里开始加速，不管怎么样，每一天至少都在靠近你，这是不可改变的事实……它会有些什么样的内容呢，你在脑海中大致勾勒着它的轮廓和线索，要知道这是件多么有意思的事啊。反正那时候你有的是时间，可以慢慢地等，期待会令空间本身自然膨胀起来，对，变得特别饱满，充满了弹性，在每一个边缘上都能感觉这种弹性的存在，尤其是在漫长的冬天里……而这样的等待，只会增长它到来时的快乐。这是没法跟别人分享的乐趣。你只能悄悄地搁在心里。那时候想买到中意的书并不是容易的事，要去四十五公里以外的沈阳，那里有几个大的书店。

但是它们显然无法比拟那个遥远的南方城市深处的小书店，它是那么的不具体，而又神秘，像个不可思议的斑点，即使你展开地图，找到那个城市的位置，也不知道该把它点在哪里。如果书已经过了通常会到的时间却仍旧没有出现的时候，也不需要着急，因为这样的话就意味着每一天它都有可能意外地出现，在收发室的窗口里，那用牛皮纸包裹得近乎完美的书。有意思的事，常常是简单的。就比如你把寄来的包裹着的书拿到办公室里，放在办公桌上，用剪刀小心地剪开，然后把书拿了来，闻着油印的香味儿，在衬页上写下到达的日期和自己的名字，然后再把那开了口的牛皮纸包裹皮放在抽屉里，跟其他的放在一起。

那天上午去鲁毅那里拿到那套新版《罗伯－格里耶选集》的时候，确实是有些难以抑制的兴奋。十九本精美的小书排在桌面上，换了几种摆法，但怎么摆都很好看……其中的大部分都看过旧版的，可是如今看到它们还是觉得新鲜无比。是啊，不可避免的，你马上就想起了1996年12月29日中午的那个场景：你在办公室里值班，周六或者周日，记不清了，但是清楚地记得楼下收发室里有人在喊你，说你的书到了。当时你正在水池那边洗脸，水很冷，有些刺骨，整个办公楼里除了收发室的老头，就只有你一个人了，长长的走廊里都是冬天午时的阳光，特别的寂静。收到的书，是那本《重现的镜子》，封面是白色的，文字是黑色的，那时你还不知道这其实就是套用了典型的午夜出版社书籍的设计风格，衬页是粉色的，内页的纸有些薄脆的感觉，有着那个年代特有的粗糙……封底也是白色的，有罗伯－格里耶的小照片，黑白的，是他中年时的样子，浓密的头发有些乱，胡子也很重，他用左手半握成拳撑着脸颊，有些疲倦的样子，眼睛里却透露着几丝若有所思的仿佛还有些欣慰的光泽。你不大明白的是，为什么在封底的介绍文字里会说这本书既不是小说也不是自传，"是一幅由一个个片断组成的大胆的编织物。"这实在是个非常陌生的说法，完全处在你当时的文学观念范畴之外，像雾一样，不明就里。"这些片断取自作者童年生活中的恐惧或情欲的快感，取自作者家庭内部妙趣横生的逸事，取自由战争或在极右环境中发现的纳粹暴行而导致的精神创伤。这些无足轻重的琐事、温馨的画面、空隙和极其巨大的事件交织在一起，将再一次使读者不由自主地把自身存在的不确定性与整个现代文学的不确定性恰如其分地统一起来。"人的思维是有限度的，而这样的文字显然就在当时的限度之外，转瞬间就会令你陷入无尽的茫然。

只有喜悦是具体的，而陌生感从某种意义上会自然而然地强化这种莫名的喜悦。在还无法知道读过这样的一本书会有什么样的感受与收获的情况下，你就随手在书的粉色衬页上写下这样的句子："我在走廊的一角，在水池那里，捧起水，刺骨的冷，我洗净脸庞……这里所能看到的尽头，以及可以听到的寂静之外，没有其他的事物，而我曾经感受到恐惧，在无法看到的门慢慢开启之时。"现在你看到这些文字的时候，已无法想象当时会是怎样的心理状态，有什么会令你联想到"恐惧"呢？或许这两个字当时就应该加上引号吧。现在你会认为已经很难确切地描述当时的情景和心理状态了，即使努力去描述也不过类似于虚构的过程，你可以让听的人多少感受到那种有些古怪的不知所以然的喜悦，但你知道无论如何喜悦其实都是发生在那本书以外的，与书里的内容并无关系，它就像金属一般坚硬，你还不知道如何才能进入其中。你还无法理解作者到底要反对什么，强调什么，更不用说像后来那样在书的空白处留下长长短短的笔迹了。真正进入其中，要等到三年以后的秋天里，那时你才会有种重新与它突然相遇的感觉，异乎寻常的刺激，很快的，又会有种早就约好的感觉。打开它，就是穿过一道门，这几乎就是注定要发生的事。只是在这一切尚未发生之前，在你谨慎地翻开书页的时候，唯一能给你些许信心和希望的，或许就是第三页最后面那一段的开头字句吧："我历来只谈自己，不及其他。因为发自内心，所以他人根本觉察不到。幸好如此。"而现在，此时此刻，当你慢慢地摩挲着这些新版作品的时候，则会把它们看作是对自己当年能够耐心地打开那本《重现的镜子》的一次最好的奖赏……它们真的很美。

2011 年 5 月 28 日

南 方

　　他看见飞机在雾中盘旋，缓慢地吐出新的雾气，仿佛永远都不会降落。下面的灰白色城市，像在水底似的，正平滑地展开，表面上布满了灰色的水珠，哦，然后就是温暖的阳光，像细细的金粉，均匀地洒落在这里那里，然后是走在狭长弯曲的街上的两个小孩子，就像两只干净的蚂蚁，四处张望着。他看见睡梦中醒来的人们，像摇摆的铃铛，被柔软的草叶拂动，只是睁开眼睛，就碰碎了那些密集在暗处的朝露，无声无息的……天空在它背后封闭了，这温暖的南方，就这样敞开了一瞬间，就像只是为了拥你们入怀。他看见这边灰色的高大建筑的栅栏门里的那些幽暗的树木，还有其他不知名的植物，它们还在冬天里，枝叶上满是灰尘，完全的静止状态。他看见天空就像即将融化的冰面，而飞机则像冰刀似的在暗淡的星光衬托下轻轻地滑行，然后留下浅浅的滑痕，时不时的还会飘下一些冰屑，慢慢地变成雾，裹着无以计数的灰尘颗粒，在最初的阳光露出之前就已越过江面，逐渐展开了。

想象的旅行（代后记）

　　我喜欢旅行。我喜欢坐在飞机上，或是火车里，长途客车、私家车也可以，疾驰在高速公路上，或是缓慢爬行在国道甚至县级公路上，我喜欢的，是那种始终在路上漂移的感觉。我喜欢住在旅馆里，无论是豪华的还是普通的，只要干净安静就好，有阳台就更好了，因为我喜欢在阳台上抽着烟看风景，哪怕只是最平常的街景。我喜欢待在酒店里看书，而不是四处游玩，我喜欢在酒店里看着书，偶尔想象一下周边的风景与那些不相识的流动中的人。我喜欢那种旅行尚未完成的状态，因此我喜欢待在酒店里，而不是出去转悠，走得筋疲力尽。我喜欢那些本色的风景，近海、远山，不远处的沙漠、森林、湖泊、河流。我也喜欢陌生的城市、乡村，喜欢偶然发现的偏僻街道，还有人影稀少的田野。我喜欢那些我不知其名的鸟类，以及树木花草，正如我喜欢在旅馆的阳台上俯瞰各种各样的行人。

　　我去过一些地方，国内的，国外的，但多数都不是真正意义上的旅行，只是出差。其实我也喜欢这样被动地旅行。因为我经常说到的想要去的地方，很少能真正化成行动。有时候我也会为自己在旅行上缺乏行动力而惭愧，但随即就会给自己一个很好的理由：没去行动的原因，是我更喜欢想象它们。嗯，我确实更喜欢想象中的旅行。所以当我读到佩所阿在《惶然录》里的那几行名为《头脑中的旅行》的文字时，深以为然："黄昏降临的融融暮色里，我立于四楼的窗前，眺望无限远方，等待星星的绽放。我的梦幻是一些旅行，以视阈展开的步履，指向我未知的国度、想象的国度、或者说简直不可能存在的国度。"我得承认，这也正是我深藏内心的旅行哲学。

　　我从来都不会为没能去成哪里而感到遗憾，越是想去的地方，就越是如此。有时候我甚至觉得自己几乎是在刻意纵容这种延宕的惰性。当然我也在享受着这种延宕所带来的一切，期待、想象、梦境以及各种知识性的错觉。有些地方我没去过，但我写下了关于它的文字，借助于各种二手三手的资料，我完成了对它的想象与描述，就像完成了一次理想的旅行，惬意地回忆着有关的一切。比如法属印度洋上的留尼旺岛，我深爱着那里活着的火山的寂静。

比如伦敦，我借助一张详细的地图与好友的不时随机零散的描述，还有一些杂七杂八的照片，经常漫步在那里的一些僻静的街道上，在一些不引人注目的小餐馆里吃得尽兴，还在某个大学的图书馆里待了很长时间，每天都去，去翻看各种我根本读不懂的英文书，凭借有限的单词记忆，去猜测它们的内容。我甚至还在一幢附近有火车站的房子里住过一段时间，夜深人静时经常能莫名其妙地听到不远处传来的歌声。以至于当我读到那本《伦敦传》时，会觉得它写的完全是另一个伦敦，而不是我心里的那个。

　　阅读当然是另一种旅行，写作更是如此。一本书本身就同时具备了出发点和目的地的双重属性。它在你眼前展开，同时又是个遥远的地方，需要你几经周折才能抵达，而当你真的完成了旅行，合上它，却又发现自己仿佛已在它的远处，甚至会觉得好像从未在过那里，留在印象中的一切，只不过是关于它的一些片断梦境。这样的好处就是，当你像喜欢一个地方那样喜欢上它的时候，你就可以再一次重新出发了。而书的作者，则很像旅途中遇到的一见如故的人，但越是觉得如此，就越会觉得这人并非写书的那个人，而是他的分身或投影。这就是为什么当我跟让·艾什诺兹、让-菲利浦·图森，还有卡特琳娜·罗伯-格里耶在一起聚会的时候，无论如何都不能把他们跟那些作品直接建立真切的联系。这就是为什么，那年当我知道我钟爱的阿兰·罗伯－格里耶已经到了北京，而我有机会见上他一面时，我却犹豫并最终放弃了这个机会。当然这也导致不久之后，我忽然得知他去世的消息时的那种无法描述的后悔。我只能到他的书中去寻找他的影子了，还有他那座位于布罗涅森林前的18号楼，附近的小湖，以及他的植物园里的那些仙人掌。

我读到过的，最让我觉得心有戚戚焉的关于旅行的说法，来自法国作家塞利纳的那部伟大小说《长夜行》的扉页上："旅行十分有益，能使人浮想联翩。其他的一切只是失望和厌倦。我们的旅行完全是想象出来的。这就是它的力量所在。我们的旅行从生到死。人和牲畜，城市和事物，全都是想象出来的。……再说，所有的人都会想象。只要闭上眼睛就行。这是在生活的另外一面。"

其实我并不能确定自己真的知道什么是"最好的旅行"。或许，它指的就是那些尚未发生的或从未发生过的旅行，或许，实际上它并无所指，或许，它指的就是那些发生在"生活的另外一面"的事。一切发生过的，都如凋落的花朵，只有盛开在想象的世界里的花朵才能永不凋零、完美如初。当然这也意味着，在有限的生命旅程中，我必须得学会接受"一切都会逝去"或"一切坚固的东西都烟消云散了"这种残酷的现实。能与之对抗的最好的方式，或许就是总是让自己处在某种意义上的旅行中，在路上的，在阅读中的，在写作中的，在每一次漫无边际的想象里的。当然，这种对抗是无济于事的，但也并非毫无意义。至少，你可以一次又一次地，以自己的方式，将自己抛入某种未知的旅程。

最后，感谢从未谋面的谭徐锋兄对我的信任，一次长谈就确定了此书的出版计划。还要感谢责任编辑阿昶，她不动声色地就以缜密而又出色的工作让这本书从一个文档变成一本漂亮的书。他们让我轻松地享受到了出版作品的乐趣。

赵松

2016 年 11 月 20 日于上海

图书在版编目(CIP)数据

最好的旅行 / 赵松著 . —北京：北京师范大学出版社，
2017.4（2020.7 重印）

ISBN 978-7-303-21380-1

Ⅰ.①最… Ⅱ.①赵… Ⅲ.①散文集－中国－当代
Ⅳ.① I267

中国版本图书馆 CIP 数据核字 (2016) 第 251773 号

营 销 中 心 电 话　010-58805072　58807651
北师大出版社学术著作与大众读物分社　http://xueda. bnup. com

ZUIHAO DE LVXING

出版发行：北京师范大学出版社　www.bnup.com
　　　　　北京市海淀区新街口外大街 19 号
　　　　　邮政编码：100875
印　　刷：鸿博昊天科技有限公司
经　　销：全国新华书店
开　　本：787 mm×1092 mm　1/32
印　　张：10.25
字　　数：155 千字
版　　次：2017 年 4 月第 1 版
印　　次：2020 年 7 月第 2 次印刷
定　　价：45.00 元

策划编辑：谭徐锋　　　　责任编辑：李昶伟
美术编辑：王齐云　　　　装帧设计：王齐云
责任校对：陈　民　　　　责任印制：马　洁